헤세가 들려주는
나비 이야기

Schmetterlinge

by Hermann Hesse
Herausgegeben und mit einem Nachwort von Volker Michels
Copyright © Insel Verlag Berlin 2011

헤세가 들려주는
나비 이야기

반짝임과 덧없음에 대하여

헤르만 헤세 지음
박종대 옮김

문예출판사

차례

° 나비에 관해 — 7

° 나비 — 22

° 내 생애 가장 이른 날… — 24

° 공작나비 — 29

° 어느 시집에 바치는 시 — 45

° 아폴로모시나비 — 46

° 와인 잔 속의 나비 — 50

° 파랑나비 — 51

° 알프스 곰 — 53

° 고백 — 63

° 인도 나비들 — 64

° 나비 — 77

˚ 여름철 방랑의 전리품 — 79

˚《데미안》 중에서 — 83

˚ 늦여름의 나비들 — 85

˚ 마다가스카르에서 온 나비 — 87

˚ 밤나방 — 93

˚ 모래 속에 써놓은 것 — 95

˚ 신선나비 — 99

˚ 삼월의 태양 — 101

˚ 늦여름 — 103

˚ 엮은이의 말 — 106

˚ 이 책의 편집과 관련해서 — 134

˚ 헤세의 뮤즈 나비를 만나는 시간(임경선) — 136

중점박이푸른부전나비
Bläulinge

나비에 관해
Über Schmetterlinge

눈에 보이는 모든 것은 표현이고, 자연은 한결같이 그 자체로 그림이자 언어이며 총천연색 상형문자이다. 오늘날 우리는 자연과학이 고도로 발달했음에도 자연을 그대로 바라볼 준비가 되어 있지 않고, 그런 교육을 받지 못했으며, 오히려 끊임없이 자연과 싸우기만 한다.

다른 시대, 아니 어쩌면 모든 시대일 수도 있지만 어쨌든 과학기술과 산업화로 지구를 정복하기 이전 시대의 인간들은 자연의 신비로운 상징체계를 느끼고 이해할 나름의 능력이 있었고, 오늘날의 우리보다 훨씬 단순하고 순수하게 그것을 읽어낼 줄 알았다.

　물론 자연에 대한 그들의 감정은 결코 감상적인 것이 아니었다. 자연을 대하는 인간의 감상적 태도는 상당히 최근 일인데, 아마 자연에 관한 우리 양심의 가책에서 비롯된 것으로 보인다.

　자연의 언어에 대한 감각, 생명체들이 곳곳에서 보여주는 각양각색의 모습을 즐길 줄 아는 감각, 이러한 다양한 언어의 해석에 대한 갈망, 아니 오히려 대답에 대한 갈망, 이 모든 것들은 늘 인간과 함께 존재해왔다. 위대한 다양성 뒤에 숨겨진 거룩한 통일체에 대한 예감, 온갖 탄생을 가능케 한 모태에 대한 예감, 모든 피조물을 만든 창조주에 대한 예감, 우주의 아침과 태초의 비밀에 대한 인간의 경이로운 근원적 충동, 이것은 모든 예술의 뿌리였고 지금도 그러하다.

　그러나 오늘날 우리는 그런 다양성 속의 통일체와 연결된 경건한 자연 숭배와는 무한히 동떨어졌고, 어린아이 같은 근원 충동을 신봉하길 원치 않으며, 누군가 우리에게 그것을 떠올리게 하면 농담으로 넘겨버린다. 다만 지금의 우리는 과거의 사람들처럼 자연을 천진하게 신화화하고 조물주를 순진하게 의인화해서 아버지로 숭배하는 것이 정말 어려워졌을 뿐이다. 아니 불가능해졌다. 또한 우리가 과거 경건한 형식들을 때론 약간 경박하고 유희적인 것으로 여기고, 현대 물리학이 철학의 영역으로 걷잡을 수 없이 파고드는 운명적인 경향을 원칙적으로 또 하나의 경건한 과정으로 직감하는 것도 어쩌면 틀렸다고 할 수 없을지 모른다.

그런데 우리가 자연을 경건한 겸허의 자세로 대하든 뻔뻔한 거만의 자세로 대하든, 또 자연에 영혼이 깃들어 있다는 과거의 여러 믿음에 코웃음을 치든 경탄을 보내든 자연과 우리의 실제적 관계는 설사 우리가 아직도 자연을 착취의 대상으로만 여기는 곳이라 하더라도 기본적으로 어린 자식과 어머니의 관계이다. 인간을 지극한 행복이나 지혜로 이끌어줄 수 있는 태곳적의 몇몇 길에다 새로 추가할 길은 없다. 그중에서 가장 단순하고 천진한 길은 자연에 감탄하고, 가슴 떨리는 예감으로 자연의 목소리에 귀를 기울이는 것이다.

"경탄하러 나는 여기 왔노라!" 괴테 시의 한 대목이다.
시는 경탄으로 시작해서 경탄으로 끝난다. 그럼에도 이 길은 결코 헛되지 않다. 나는 이끼 한 점, 수정 하나, 꽃 한 송이, 황금풍뎅이 한 마리, 구름 낀 하늘, 파도의 무심하고도 거대한 숨결을 담은 바다에 감탄하고, 수정처럼 투명한 실핏줄이 어른거리고 가장자리 색깔 테와 절단면이 있고 다양한 글자와 기하학적 문양이 있으며 무한하고 감미롭고 신비로운 색의 전이와 농도의 변화가 있는 날개를 가진 나비에 감탄한다. 이처럼 눈이나 다른 육체적 감각으로 자연의 한 조각을 경험할 때마다, 혹은 그에 이끌려 마법에 걸리고, 자연의 현존재와 계시에 순간적으로 나 자신을 열어젖힐 때마다 나는 인간적인 궁핍이 만들어내는 탐욕에 눈먼 세상을 잊고 괴테처럼 경탄밖에 하지 않는다. 생각하거나 명령을 내리는 대신, 무언가를 손에 넣거나 착취하는 대신, 싸우거나 조직하는 대신. 이런 경탄

작은불나비
Kleiner Feurvogel

과 함께 나는 괴테와 다른 모든 시인, 현자들과 형제가 된다.

아니 그것을 넘어 내가 경탄하고 살아 있는 세계로 체험하는 모든 것들, 예를 들어 나비와 딱정벌레, 구름, 강, 산과도 형제가 된다. 경탄의 길 위에서는 일순간 분열의 세계에서 벗어나 피조물들끼리 서로 "내가 바로 너야!"라고 말을 건네는 통일된 하나의 세계로 들어가기 때문이다.

우리는 가끔 자연과 과거 세대의 천진한 관계를 애수 어린 눈으로, 부러움의 눈으로 바라보면서도 우리 시대를 있는 그대로 진지하게 성찰해보려고는 하지 않는다. 가령 우리는 대학들이 지혜에 이르는 가장 간단한 길을 가르치지 않는다고 질책하지 않는다. 오늘날 대학에서는 경탄 대신 오히려 그 반대되는 것을 가르친다. 예컨대 감격 대신 계산과 측량을, 매혹보다 냉정한 객관성을, 전체성과 통일성 대신 분열된 개별적인 것에 경직된 집착을 가르친다. 이런 대학들은 지혜의 학교가 아니라 지식의 학교에 지나지 않는다.

하지만 그러면서도 암묵적으로는 자신들이 가르칠 수 없는 것들, 온몸을 떨면서 체험할 수 있는 것들, 감동받을 수 있는 것들, 괴테가 경탄해 마지않았던 것들을 전제로 한다. 대학의 최고 지성들은 괴테나 다른 진정한 현자들의 단계로 다시 올라서는 것을 가장 고결한 목표로 생각하기 때문이다.

이제 여기서 언급될 나비들은 꽃과 마찬가지로 많은 사람들에게 큰 사랑을 받는 창조의 일부이자, 경탄의 효과적이고 탁월한 대상이며, 가슴 떨리는 일을 체험하고 엄청난 기적을 예감하는 동시에 생명 존중을 배울 수 있는 더할 나위 없이 좋은 동기이다. 나비는 꽃과 마찬가지로 지극히 사랑스럽고 우아하며 미세한 천재들에 의해 장식으로, 장신구와 보석으로, 반짝거리는 작은 예술 작품이자 찬가로 고안되고, 창조의 부드러운 쾌감으로 만들어진 듯하다. 눈이 멀거나 냉담한 성정이 아닌 다음에야 나비를 보면서 기쁨과 아이 때의 황홀한 몰입, 괴테가 느꼈던 경탄의 숨결을 느끼지 않을 도리가 없을 것이다. 거기에는 마땅한 이유가 있다. 나비는 특별한 존재이기 때문이다. 나비는 다른 모든 동물과 다른 동물*이다. 아니, 원래는 하나의 동물이라 할 수도 없다. 그저 한 동물의 고귀하고 찬란하면서도 생명에 가장 중요한 마지막 상태일 뿐이다.

---

* 헤르만 헤세는 나비를 동물(Tier)로 표현하고 있다.

도시처녀나비
Waldwiesen-Vögelchen

　나비는 이전에는 잠자는 번데기였고 그전에는 식욕 왕성한
애벌레였던 한 동물의 빛나는 절정기인 동시에 새로운 탄생
을 품고 죽음을 준비해가는 한 형태이다. 나비는 먹고 나이 들
기 위해 사는 게 아니다. 오직 사랑하고 새끼를 낳으려고 살아
간다. 그러기 위해 비할 바 없이 화려한 옷을 차려입는다. 그
옷은 바로 자기 몸보다 몇 배는 더 크고, 절단선과 색깔, 비늘
과 솜털, 그리고 지극히 다채롭고 세밀한 언어 속에서 존재의
비밀을 표현하는 날개이다. 날개는 오직 좀 더 강렬하게 살고,
이성을 좀 더 강렬한 마법으로 유혹하며, 번식의 축제를 좀 더
찬란하게 거행하기 위해 존재한다. 나비의 이런 의미와 화려
함의 의미에 대해선 어느 시대, 민족 할 것 없이 느끼고 있었
다. 나비는 단순하고 명확한 계시이다. 또한 거기서 더 나아가
찬란한 사랑과 빛나는 변신으로 그렇게 짧은 생을 살면서도

영원한 지속의 상징이 되었고, 인간에게는 예부터 영혼의 비유이자 문장紋章 속 동물로 자리 잡았다.

덧붙이자면, 독일어로 나비를 뜻하는 '슈메털링Schmetterling' 〔슈메터Schmetter는 크림의 일종인 '스메타나'를 가리키는데, 슈메털링, 즉 나비는 '크림을 훔쳐 먹는 도둑'이라는 뜻이다. 독일의 속설에서 나비는 크림을 탐하는 마녀의 화신으로 알려져 있다. 그래서 나비를 가리켜 '우유 도둑', '유청乳淸 도둑'이라 부르기도 했다. 영어의 버터플라이butterfly도 같은 맥락으로 '버터를 훔치는 파리'라는 뜻이다)은 아주 오래된 말도 독일 각지에서 공통으로 사용하는 말도 아니다. 이 특이한 단어는 무언가 생동감과 에너지가 넘치면서도 나비와는 어울리지 않는 거친 의미가 담겨 있는데, 옛날에는 작센 지방에서만 사용되었다(튀링겐 지방에서도 사용되었을 수 있다). 그러다 18세기에야 문어文語의 영역으로 유입되면서 일반화되었다. 그전까지 이 말을 알지 못했던 남부 독일과 스위스에서는 이보다 훨씬 오래되고 아름다운 이름이 존재했다. 피팔터Fifalter, 츠비슈팔터Zwiespalter가 그것이다. 그런데 나비 날개에 새겨진 기호나 글자와 마찬가지로 인간의 언어도 결코 합리와 계산의 산물이 아니라 창조적이고 문학적인 유희의 힘에서 비롯되었기에 이 말도 사람들의 사랑을 받는 모든 대상과 마찬가지로 더는 제

한된 한두 가지 이름에 만족하지 않고, 나비를 지칭하는 여러 이름, 아니 많은 이름이 생겨나게 되었다. 스위스에서는 오늘날까지도 나비를 피팔터, 또는 새(낮새, 밤새, 여름새)라 부르고 있다. 그 밖에 버터플라이, 유청 도둑도 나비의 또 다른 이름이다.

어쨌든 나비의 전 종을 일컫는 이름이 이렇게 다양하다면 개별 종과 관련해서 지역과 방언에 따라 얼마나 많은 이름이 존재할지는 충분히 상상이 간다. 물론 그것도 예전 일이다. 토종 꽃들의 이름이 그렇듯 개별 나비 종의 이름들도 서서히 사멸되었기 때문이다. 만일 나비를 사랑하고 수집하는 소년들이 없었다면 그렇게 풍성했던 나비 종이 산업화와 농업 개량화 이후 멸종되고 사라진 것처럼 그토록 신비로웠던 이름도 대부분 사라졌을 것이다.

아이건 어른이건 나비 수집가의 입장을 변호할 말이 있다. J. J. 루소 시대 이후에는 나비를 최대한 아름다운 상태로 오래 보관하려고 살아 있는 나비를 죽여 핀에 꽂아 표본화하는 수집가들을 잔인한 야만인으로 바라보는 감상적인 시선들이 많았다. 1750~1850년 사이의 문학작품 속에서는 핀에 꽂힌 나

배추흰나비
Kohlweißling

비 표본을 즐기고 경탄하는 사람들을 이상한 좀팽이 정도로 여기기도 했다.

하지만 그런 시선은 당시에도 일부 터무니없는 편견이었을 뿐 아니라 오늘날엔 더더욱 그러하다. 물론 어른이건 아이건 자연 상태로 자유롭게 살아가는 나비의 모습을 바라보는 것만으로 만족하지 못하는 수집가들이 있다. 그러나 그런 조야한 수집가들조차 우리가 나비를 잊지 않는 데, 그리고 많은 지역에서 나비의 진귀한 옛 이름들이 유지되는 데 기여한 것이 사실이다. 심지어 사랑스런 나비들이 아직도 우리 곁에 남아 있게 된 데에는 그들의 역할이 어느 정도 작용했다는 점도 간과할 수 없다. 왜냐하면 사냥을 즐기는 사람이라면 단순히 사냥 기술만 배우고 익히는 것이 아니라 그에 못잖게 사냥감과 사냥감의 서식 환경까지 지키려고 애쓰는 것처럼 나비 수집 가들도 당연히 쐐기풀 같은 식물들의 대량 제거와 자연 생태계에 대한 인간의 폭력적인 개입이 얼마나 빠른 속도로 나비의 개체수를 감소시키는지 가장 먼저 깨닫기 때문이다.

더구나 인간들이 어떤 지역에서 대대적인 정비에 나서게 되면 정작 농업과 정원수에 해를 끼치는 배추흰나비나 다른 생물체보다 좀 더 고결하고 희귀하며 아름다운 생물 종들이 희생되고 사라진다. 진정한 나비 애호가라면 알이나 애벌레, 번데기에만 보호의 손길을 뻗는 것이 아니라 주변 지역에서 가능한 한 많은 종류의 나비들이 살아갈 수 있도록 환경을 조성하는 일에도 힘쓴다. 나도 수년전부터 나비 수집을 포기했음에도 틈나는 대로 쐐기풀을 심어오고 있다.

나비 수집을 하는 소년이라면 누구나 할 것 없이 열대 지방, 인도, 브라질, 마다가스카르섬에 서식한다는 무척 크고 다채롭고 화려한 나비들에 관한 이야기를 한번쯤 듣게 된다. 개중에는 그런 나비를 박물관이나 수집가들의 집에서 직접 본 사람도 있다. 심지어 요즘에는 유리 케이스 안의 솜 위에 무척 아름답게 표본화한 이국적인 나비를 살 수도 있다. 직접 보지 못한 사람에게는 사진으로 볼 기회도 많다.

젊었을 때 나는 책에서 오월이면 안달루시아로 날아간다는 나비 이야기를 읽으면서 한 번이라도 그 나비를 볼 수 있기를 얼마나 원했는지 모른다. 지금도 친구 집이나 박물관에서 열대지방의 화려하기 짝이 없는 커다란 나비들을 볼 때마다 어릴 적의 그 형언할 수 없는 황홀함이 내 속에서 다시 꿈틀대는 것을 느낀다.

예를 들면 소년 시절 아폴로모시나비를 처음 보면서 느꼈던 숨 막힐 것 같은 황홀감이 그것이다. 나는 기적 같은 나비들을 볼 때면 비애감마저 감도는 그런 황홀함과 동시에 시인이랄 것도 없는 내 인생 한가운데에서 괴테가 느꼈던 경탄 속으로 한걸음 다가가고, 순간적으로 마법 같은 환희와 경건함, 삼매경에 빠져들곤 한다. 심지어 전혀 가능한 일이라 여기지 않았던 일이 훗날 내게 일어났다. 대양을 건너 뜨거운 낯선 해안에 내린 뒤 악어가 득실거리는 큰 강을 따라 열대숲을 지나가면서 열대 나비들을 살아 있는 상태로 관찰한 것이다. 이로써 어린 시절의 꿈은 상당수 이루어졌고, 이 성취와 함께 일부 꿈은 시들해졌다. 그러나 나비의 매력은 조금도 줄지 않았다. 말로 표현할 수 없는 세계로 이끄는 이 작은 문, 경탄을 불러일으키는 고상하고 손쉬운 길은 좀처럼 내 곁을 떠나지 않았다.

페낭에서 나는 살아서 날아가는 열대 나비를 처음 보았고, 쿠알라룸푸르에서는 그중 몇 마리를 처음으로 잡기도 했다. 수마트라섬에서는 바탕하리 강가에 잠시 머무는 동안 정글에서 천둥 번개와 함께 미친 듯이 쏟아지는 빗소리를 밤새 들었으며, 낮에는 숲 속에서 난생처음 보는 초록색과 황금색, 그리고 보석 같은 색으로 빛나는 낯선 나비들의 자유로운 유영을 관찰했다. 나중에 이 나비들은 핀에 꽂히거나 유리 케이스 안의 표본 상태로 다시 본 적이 있지만 그중 어떤 것도 밖에서 볼 때만큼 흥분되고 매력적이며 신비롭지 않았다. 나비들이 살아서 빛과 그늘이 어른거리는 숲 속을 날아다닐 때면 날개 색조차 내면에서 뿜어져 나오는 생기로 살아 숨 쉬는 듯했고, 비행은 그 자체로 다채로운 표현과 비밀스러움으로 넘쳤으며, 날개는 움직일 때마다 새로운 색으로 되살아나는 듯했다. 이런 장관은 호기심에 그저 밋밋하게 주어진 것이 아니라 내가 순간적으로 사냥꾼처럼 숨어 있을 때 기적처럼 다가왔다.

어찌됐건 나비를 그렇게 잘 보존할 수 있는 것은 놀라운 일이다. 동물이건 식물이건 색이 있는 대부분의 생물은 아무리 표본을 잘해도 죽고 나면 아름다움을 잃어버린다. 꽃이 좋은 예이지만, 그 하나로 부족하다면 사냥꾼이 막 총으로 잡은 새의 깃털을 살펴보라. 한나절 뒤에도 깃털에는 파랑, 노랑, 초록, 빨강이 남아 있지만 그 위에 이미 죽음의 싸늘한 입김이 내려앉으면서 무언가가 없어진 느낌이다. 아직 색이 어른거리지만 광채는 나지 않는다. 다시 돌아오지 못할 무언가가 사그라지고 소멸된 듯하다. 그에 비해 나비와 많은 종류의 딱정벌레는 그 차이가 훨씬 적어서, 죽은 뒤에도 다른 동물들보다 화려한 색이 훨씬 오래 보존된다. 심지어 곤충이나 빛, 특히 햇빛만 잘 차단하면 수십 년도 보존할 수 있다.

　당시 내가 여행한 지역의 말레이 부족들도 자기들만의 다양하고 아름다운 나비 이름을 갖고 있었다. '나비'를 총칭하는 '슈메털링'이라는 말의 울림에는 날개가 둘로 나뉜 존재에 대한 살아 있는 기억이 담겨 있다. 오래된 독일어 단어 '츠비슈팔터'와 '피팔터', 그리고 이탈리아어의 '파르팔라'라는 말도 마찬가지다. 말레이 부족들은 대부분 나비를 '쿠푸 쿠푸' 또는 '라파 라파'라 불렀는데 두 이름에서는 팔락거리는 날갯짓이 느껴진다. 특히 '라파 라파'라는 말에는 공작나비 날개 위의 눈 무늬나 토종 나비의 짙은 날개 뒷면에 흰색으로 적힌 알파벳 'C' 자처럼 생동감 넘치는 아름다움과 넘치는 표현력, 무의식적 창조성이 담겨 있는 듯하다.

　신비로운 나비들의 그림을 모아놓은 이 화첩을 살펴보다 보면 여기저기서, 아니 곳곳에서 인식과 경외심의 전 단계인 크나큰 경탄에 사로잡힐 것이다.

— 1935년

공작나비
Tagpfauenauge

나비
Der Schmetterling

한 줄기 슬픔이 밀려와
들판을 따라 걷다가
나비 한 마리를 보았지.
희고 검붉은 나비였어,
푸른 바람에 휘날리는.

아 그대! 그 어린 시절
세상이 아직 아침처럼 맑고
하늘이 아직 가깝게 느껴지던
그 시절 너를 마지막으로 보았지.
아름다운 날개를 펼친.

낙원에서 내게 온
그대 천연색 부드러운 나부낌이여,
그대 저 깊은 신의 광채 앞에

나는 푸석한 눈으로
얼마나 낯설고 부끄럽게 서 있었던가!

들판 안쪽으로 날아간
그 희고 붉은 나비를 따라
꿈꾸듯 쫓아갔을 때
낙원에서 내게 찾아온
고요한 광채만 남았으니.

내 생애 가장 이른 날…

Der früheste Tag meines Lebens…

　　　　　　　　체험과 지속적인 상태에 대한 좀 더 상세한 기억은 다섯 살 이전으로는 내려가지 않는다. 내가 성장한 주변 환경과 도시, 풍경을 비롯해 부모님과 우리 집에 대한 영상이 머릿속에 처음 남은 것도 그때이다.

　그 시절 우리가 살던 도시 앞에 집들만 죽 늘어서 있던 툭 트이고 햇빛 잘 드는 도로가 내게 각인되어 있다. 거기다 시청과 대성당처럼 어린아이의 눈길을 끄는 다른 건물들과 라인 강 다리도 기억이 또렷하다. 하지만 무엇보다 가장 생생한 것은 우리 집 뒤에서 시작해 어린아이의 걸음으로는 도저히 끝

에 닿을 수 없을 것 같던 드넓은 초원이다. 깊은 감정적 체험
들, 주변의 모든 인물들, 심지어 부모님의 초상화조차 이 무수
히 작은 것들까지 담고 있던 초원에 비하면 그리 선명하지 않
다. 초원에 대한 기억은 인간들의 얼굴이나 내가 겪은 여러 운
명적인 사건들보다 더 오래된 것처럼 보인다. 어쩌면 내가 어
린 시절 들판에서 혼자 있는 것을 좋아했던 건 의사나 하인
같은 낯선 이들이 내 몸을 함부로 만지던 일에 대한 반감에서
비롯된 수치스러움과 관련이 있을지 모른다. 아무튼 당시 몇
시간씩 자주 즐겼던 산책의 목표 지점은 늘 인적이 드문 야생
의 초록빛 초원이었고, 우리가 어린 시절을 회상할 때 자주 동
행하는 아릿한 행복감이 나를 가득 채운 것도 풀밭에서의 고
독한 시간이었다.

　지금도 새털구름이 잔잔히 떠 있는 하늘 아래 초원의 풀 향
기가 코끝으로 올라오는 듯하다. 다른 어떤 시간과 초원도 그
렇게 신비로운 방울새풀과 나비를 만들어낼 수 없을 거라는
기묘한 확신이 밀려든다. 그처럼 풍성한 수초와 황금빛 미나
리아재비, 강렬한 색깔의 탐스런 동자꽃과 앵초, 풍경초, 초롱
꽃, 체꽃을 어디서 볼 수 있겠는가! 나는 그렇게 멋진 맵시를
자랑하는 늘씬한 질경이와 노랗게 불타오르던 꿩의비름[돌나

무과의 여러해살이풀)과 유혹적으로 반짝거리던 도마뱀과 나비를 어디서도 다시 본 적이 없다. 이후 꽃과 도마뱀이 추하게 바뀐 것은 대상 자체가 바뀐 것이 아니라 감성과 눈이 바뀐 것뿐이라는 사실을 나는 피곤한 듯 어렵지 않게 깨닫고 있다.

이런 생각을 하고 있으니 훗날 눈으로 보고 손에 넣은 모든 귀중한 것들조차 그 멋진 초원과 비교하면 참으로 볼품없다는 기분이 든다. 거기엔 풀밭 위에 팔베개를 하고 누워 햇빛으로 반짝거리는, 잔물결 일렁이는 풀의 바다를 올려다보던 환한 아침이 있었다. 바다 위엔 붉은 양귀비섬, 파란 초롱꽃섬, 보랏빛 황새냉이섬이 곳곳에 흩어져 있었고, 섬 위에는 샛노란 멧노랑나비, 가냘픈 중점박이푸른부전나비, 고색창연한 느낌의 진귀하고 희귀한 빛을 발하는 오색나비와 작은멋쟁이나비, 중후한 날개를 가진 들신선나비, 제비나비, 산호랑나비, 검붉은 장군나비, 외경심을 불러일으키는 희귀한 아폴로모시나비, 그 밖의 온갖 나비들이 하늘거리며 나를 유혹했다.

어느 날 친구의 설명으로 알고 있던 아폴로모시나비 한 마리가 날아와 내 옆의 바닥에 내려앉더니 설화석고처럼 희고 신비로운 날개를 느릿느릿 움직이기 시작했다. 날개의 섬세한 무늬와 굴곡, 반짝거리는 다이아몬드 선, 날개 위의 담홍

빛 두 눈까지 선명하게 다 보였다. 이 아득한 시절의 몇 안 되는 기억 가운데 다른 어떤 것보다 강렬하고 생생하게 내 머릿속에 저장된 것은 나비를 볼 때마다 솟구치던 숨 막히고 가슴 두근거리는 환희였다. 나는 어린아이의 예측할 수 없고 잔인한 성정에 따라 그 고결한 동물에게 살금살금 다가가 모자를 툭 던졌다. 녀석은 주위를 두리번거리는가 싶더니 이내 우아하게 사뿐 날아올라 황금빛으로 어른거리는 한낮의 대기 속으로 사라졌다.

내가 나비를 잡고 모은 데는 학술적인 관심 같은 건 전혀 없었다. 애벌레나 나비(그 지방에서는 여름새라 불렸다)의 이름도 전혀 중요하지 않았다. 오히려 많은 나비들에 대해 나만의 이름을 갖고 있었다. 예를 들어 불그스름한 한 나비 종은 '치터링'〔치터Zitter는 '떨림'이라는 뜻이다〕이라 불렸고, 갈색 주둥이를 가진 종과 흰나비, 지옥나비, 그 밖에 별로 아름답지 않고 덜 희귀한 나비들의 무리를 통틀어 경시하듯이 '미련둥이'라 불렀다. 나는 채집한 나비 가운데 죽은 것은 말끔히 표본으로 만들지도 별 신경을 쓰지도 않았다.

—《헤르만 라우셔》중에서, 1896년

왕여우나비
Großer Fuchs

공작나비
Das Nachtpfauenauge

       내 집을 찾은 손님이자 친구인 하인리히 모어가 저녁 산책에서 돌아와 서재에 함께 앉아 있었다. 해가 뉘엿뉘엿 넘어갈 무렵이었다. 창문 앞에는 가파른 구릉으로 둘러싸인 창백한 호수가 저 멀리 펼쳐져 있었다. 어린 아들이 막 취침 인사를 하고 들어갔던 터라 우리는 아이들과 아이들의 기억에 대해 이야기했다.

  내가 말했다.

  "자식이 생기니 이상하게 내가 어릴 때 빠졌던 여러 취미가 되살아나지 뭔가. 심지어 일 년 전부터는 나비 수집도 다시 시작했네. 한번 보겠나?"

하인리히가 그러자고 해서 나는 방을 나가 가벼운 종이 상
자 두세 개를 갖고 들어왔다. 첫 상자를 여는 순간에야 우리는
그새 날이 어두워진 것을 알아차렸다. 펼쳐서 고정시킨 나비
들의 윤곽이 거의 보이지 않았던 것이다.

나는 남포등을 집어서 성냥을 켰다. 바깥 풍경이 순식간에
가라앉더니 창문 앞에 푸르스름한 어둠이 철벽처럼 버티고
섰다.

그러나 상자 속 내 나비들은 환한 등불 빛 속에서 화려하게
빛나고 있었다. 우리는 고개를 숙여 아름다운 색상의 형상들
을 관찰하면서 하나씩 이름을 불러나갔다.

"저건 노랑밤나방일세." 내가 말했다. "라틴어 학명은 폴리
네아이고. 여기선 희귀종이지."

하인리히 모어는 조심스럽게 핀에 꽂힌 나비 한 마리를 상
자에서 꺼내더니 날개 아랫면을 살펴보았다.

"참 이상한 일이지." 그가 말했다. "다른 어떤 것보다 나비를
볼 때 어린 시절 기억이 생생하게 되살아나니…."

이 말과 함께 그는 나비를 다시 제자리에 꽂아두고는 상자
뚜껑을 닫았다. "이걸로 됐네!"

하인리히는 마치 무언가 달갑지 않은 기억이 떠오른 사람

공작나비
Nachtpfauenauge

처럼 딱딱하고 급하게 말했다. 내가 곧 상자를 들고 나갔다가 다시 들어오자 그는 갸름한 구릿빛 얼굴에 열은 미소를 띠며 담배를 한 대 청했다. 그러고는 입을 열었다.

"내가 자네 수집품을 자세히 구경하지 않았다고 기분 나쁘게 생각하지는 말게. 나도 어릴 때는 물론 그런 게 하나 있었지. 하지만 아쉽게도 좋지 않은 기억이 있어. 그 일을 생각하니까 기분이 안 좋아졌네. 창피한 이야기이지만 한번 들어보겠나?"

그는 남포등 등피 위로 얼굴을 가져가 담배에 불을 붙이더니 등에 녹색 갓을 씌웠다. 순식간에 우리의 얼굴이 어둑한 빛 속에 잠겼다. 친구는 열어 놓은 창문 앞의 창턱에 걸터앉았다.

그의 늘씬하고 마른 몸은 어둠과 거의 구분이 되지 않았다. 안에서는 내가 담배를 피우고, 밖에서는 소리 높여 들려오는 먼 개구리 울음소리로 밤이 가득 차는 동안 친구는 다음과 같은 이야기를 들려주었다.

내가 나비 수집을 시작한 건 여덟 살이나 아홉 살쯤 되었을 걸세. 처음에는 다른 놀이나 취미처럼 그리 열심이지 않았네. 하지만 이듬해 여름, 그러니까 열 살이 다 돼 갈 즈음 나는 그 일에 푹 빠져버렸네. 다른 일은 모두 잊어버리거나 게을리하는 바람에 어른들이 여러 번 나비 수집을 금지시킬 만큼 정말 남다른 열정을 보였지. 나비를 잡으러 다닐 때는 등교 시간이나 점심시간을 알리는 시계탑 종소리도 들리지 않을 정도였으니까. 채집통에 빵 하나만 달랑 챙겨 넣고 이른 아침부터 밤까지 밖으로 돌아다닐 때도 많았네. 밥을 먹으러 집에 들르지도 않고 말일세.

지금도 무척 예쁜 나비들을 보면 그때의 열정이 되살아나는 것 같네. 그러고 나면 아이들만이 느낄 수 있는 무지막지하게 탐욕스런 황홀감이 순간적으로 나를 다시 덮치는 느낌이 들어. 내가 어릴 때 처음으로 산호랑나비에게 살금살금 다가

갈 때 느꼈던 그런 황홀감 말일세. 그 이후엔 어린 시절의 무수한 순간과 시간이 한꺼번에 떠올라. 꽃향기 가득한 마른 들판의 뜨거운 오후, 정원의 서늘한 아침, 비밀을 간직한 듯한 숲 가장자리에서의 저녁 시간 같은 것들이지. 모두 내가 그물채를 들고 몰래 숨어서 보물찾기에 나선 사람처럼 매 순간 깜짝 놀랄 즐거움과 행복감을 기다리던 순간이었어. 그렇게 기다리다가 아름다운 나비를 발견하면, 굳이 특별한 희귀종이 아니어도 상관없네. 그냥 예쁜 나비 한 마리가 햇빛을 받으며 꽃자루에 앉아 색색의 날개를 숨 쉬듯 아래위로 천천히 움직이고, 내가 숨이 멎을 듯한 사냥욕에 휩싸여 살금살금 천천히 다가가 나비의 반짝거리는 색상과 수정 같은 날개 혈관, 더듬이의 미세한 갈색 털 하나하나까지 모두 보는 순간 그건 정말 부드러운 기쁨과 야생의 욕망이 뒤섞인 긴장과 환희였네. 나중에 살아가면서는 거의 느껴보지 못한 그런 감정이었지.

부모님은 가난해서 아들한테 나비 수집 케이스를 사줄 수가 없었기 때문에 나는 수집한 나비들을 보통 종이 상자 속에 보관할 수밖에 없었네. 일단 둥근 코르크 병마개 일부를 잘라 바닥에 붙인 다음, 위에 핀을 꽂았지. 그러고는 종이벽을 구부려 내 보물들을 그 안에 보관했네. 처음에는 나도 친구들에게 수집품을 자주 보여줬지. 하지만 친구들은 유리 뚜껑이 달린 나무 상자나, 벽에 녹색 거즈 천을 댄 애벌레 통, 아니면 나로서는 꿈도 못 꿀 다른 비싼 물건들을 갖고 있어서 내가 가진 원시적인 물건을 내놓는 게 창피했네. 게다가 자랑하고 싶은 마음도 사실 별로 크지 않았고. 그래서 특이하고 흥분되는 나비를 잡아도 친구들에게는 보여주지 않고 그냥 누이들한테만 보여주고 마는 게 습관이 됐지.

한번은 우리 동네에서 희귀한 파란색 오색나비를 잡아 핀에 꽂아 상자에 넣어두었네. 표본이 마르자 나는 뿌듯한 마음에 최소한 이웃에 사는 친구한테는 보여주고 싶은 욕구가 솟구치더군. 마당 건너편에 사는 교사 아들이었는데, 흠이 없는 게 흠인 친구였지. 그런 점 때문에 친구들 사이에서는 좀 섬뜩하게 여겨지는 측면이 있었어. 어쨌든 그 친구도 나비 수집을

큰 오색나비
Großer Schillerfalter

했네. 얼마 되지 않는 볼품없는 수집품이었지만 어찌나 세심하고 규범대로 보관했던지 나비 하나하나가 꼭 보석 같았네. 심지어 그 친구는 부러지거나 손상된 나비 날개를 다시 접합하는 특출난 재주까지 있었어. 아무튼 당시 난 모든 점에서 모범생인 그 친구를 약간 경탄하고 부러워하면서도 미워했지.

나는 모든 면에서 완벽한 그 친구에게 오색나비를 보여주었네. 녀석은 전문가적인 눈으로 감정하더니 희귀성을 인정하고는 이십 페니히 정도의 가격을 매겼네. 에밀은 다른 수집품들도 그렇지만 특히 우표와 나비의 가치를 정확히 돈으로 책정할 줄 아는 걸로 유명했거든. 어쨌든 그렇게 가격을 매기고 나서는 내 나비에 대해 비판을 가하기 시작했네. 오색나비가 잘못 펼쳐져 있다는 거야. 왼쪽 더듬이는 쭉 뻗었는데 오른쪽 더듬이는 굽었다는 거지. 그러더니 또 하나의 결점을 지적하더군. 이번에도 타당한 지적이었어. 녀석 말마따나 내 오색나비는 다리가 두 개 없었으니까. 난 그 정도는 별것 아니라고 생각했지만 헐뜯기 좋아하는 친구 때문에 오색나비에 대한 기쁨은 반감될 수밖에 없었네. 그래서 그날 이후로 그 친구에게는 나비를 더는 보여주지 않았지.

2년 뒤 우리는 제법 머리가 굵어졌네. 하지만 내 열정은 아직 식지 않았네. 아니 그때가 한창 전성기였다고 할 수 있을 걸세. 그런데 어느 날 에밀 그 친구가 공작나비를 잡았다는 소문이 돌지 않겠나? 그건 내가 아는 친구 누군가가 백만 마르크를 상속받게 되었다거나 리비우스의 잃어버린 책을 찾았다는 소식보다 훨씬 충격적이고 흥분되는 소식이었네. 우리 중에서 공작나비를 잡은 사람은 아직 없었거든. 나는 우리 집에 있는 낡은 나비 도감으로만 그 나비를 알고 있었네. 손으로 직접 채색한 동판화였는데 오늘날의 그 어떤 컬러 인쇄판보다 수백 배는 더 아름답고 세밀했지. 내가 이름만 알 뿐 내 수집 상자에는 아직 빠져 있던 나비들 가운데 정말 공작나비만큼 열렬하게 갖고 싶었던 것은 없었네. 그래서 책 속의 그림만 우두커니 바라볼 때가 많았지. 그런 와중에 한 친구한테 이런 얘기를 들었네. 갈색 공작나비는 나무줄기나 바위에 앉아 있을 때 새나 다른 천적이 공격하려고 하면 접고 있던, 좀 더 짙은 앞날개를 펼쳐서 그저 아름다운 뒷날개만 보여준다지 않겠나? 그러면 뒷날개에 있는, 예상치 못한 그 이상한 느낌의 크고 환한 눈들('공작나비'라는 이름은 공작처럼 날개에 커다란 눈 모양의 무늬가 있다고 해서 붙여졌다. 그래서 여기서 눈은 실제 눈이 아니라 날개 위의 눈 무늬를 가리킨다) 때문에 새가 겁을 먹고 나비를 내

버려둔다는 거지.

이 신비스런 동물이 그 지루한 에밀에게 잡히다니! 그래도 이 소식을 처음 들었을 때 솔직히, 이제야 드디어 그 희귀종을 직접 볼 수 있게 되었구나 하는 반가움이 앞섰네. 불타는 호기심과 함께 말일세. 하지만 그다음엔 부러움이 밀려오면서 진귀하고 비밀스런 나비가 하필 지루한 땅딸보한테 잡혔다는 사실이 너무 부당하게 느껴졌네. 그래서 자존심을 버리면서까지 녀석한테 달려가 나비를 보여달라고 하기가 싫었네. 하지만 내 머릿속 생각은 나비한테서 떠나지를 않았어. 그래서 다음날 학교에서 소문이 사실임을 확인하는 순간 당장 녀석에게 달려가기로 마음먹었지.

나는 밥을 먹고 집을 나서자마자 마당을 지나 이웃집 건물 4층으로 뛰어 올라갔네. 하녀 방과 작은 목조 공간들 옆에 그 교사 아들 녀석의 방이 있었는데, 솔직히 난 자기 방을 따로 쓰는 녀석을 전부터 무척 부러워했네. 어쨌든 도중에 아무도 만난 사람 없이 단숨에 4층까지 올라가 에밀의 방에 노크를 했네. 그런데 아무 대답이 없었어. 에밀이 방에 없었던 거지. 혹시 몰라 문손잡이를 꾹 눌러보았는데, 글쎄 문이 열리지 않

공작나비
Abendpfauenauge

겠나? 평소엔 방을 비우게 되면 늘 세심하게 꼭 잠가두는 녀
석이었는데 말일세. 나는 나비만이라도 좀 볼 수 없을까 싶어
친구도 없는 방에 들어갔네. 들어가자마자 에밀이 나비를 보
관해두는 커다란 상자 두 개가 눈에 들어오더군. 부지런히 눈
을 굴리며 살펴보았지만 거기엔 내가 찾는 것이 없었네. 문득
나비가 아직 펼침용 판때기 위에 있을지도 모르겠다는 생각
이 퍼뜩 들더군. 역시 예상대로였네. 거기 있었던 걸세. 공작나
비는 갈색 날개가 길쭉한 종이띠로 팽팽하게 펼쳐진 채 나무
판에 걸려 있었네. 나는 몸을 숙여 아주 가까이서 살펴보았네.
털로 덮인 연갈색 더듬이, 연하디연한 색상의 우아한 날개 가
장자리, 아랫날개 안쪽 가장자리의 고운 솜털…. 날개 위의 눈
만 종이띠로 덮여 있어서 볼 수가 없었네.

나는 유혹을 이기지 못하고 두근거리는 가슴으로 종이띠를 떼어내고 핀을 통째로 뽑아버렸네. 순간 크고 야릇한 눈 네 개가 나를 바라보더군. 내가 그림으로 봤던 것보다 훨씬 아름답고 기묘했네. 그것을 보고 있자니 이 놀라운 동물을 갖고 싶다는 걷잡을 수 없는 충동이 몰려오지 않겠나! 결국 나는 나비의 몸에서 핀을 뽑고, 벌써 건조가 끝나 형태를 잃지 않은 나비를 손에 쥐고 방에서 나왔네. 아무 생각 없이 저지른 생애 최초의 도둑질이었지. 그런데도 그 순간엔 그걸 깨닫지 못하고 오직 하늘을 날 듯한 기쁨밖에 느끼지 못했네.

나는 나비를 오른손에 숨기고 계단을 내려갔네. 그때 누군가 밑에서 올라오는 소리가 들렸어. 순간 양심이 깨어나면서 내가 더러운 도둑놈이라는 생각이 들었네. 동시에 이러다 들키면 어쩌나 하는 두려움에 휩싸였지. 본능적으로 훔친 나비를 쥐고 있던 손을 얼른 재킷 주머니에 찔러 넣었네. 그러고는 천천히 내려갔지. 타락과 수치심의 차가운 감정에 휩싸이고 불안에 떨면서, 올라오는 하녀 곁을 지나 건물 현관에 멈추어 섰네. 가슴은 미친 듯이 쿵쾅거렸고 이마에는 땀이 송골송골 맺혔지. 내가 무슨 짓을 했는지 어이가 없었고, 나 자신에게 덜컥 겁이 나기도 했네.

곧 이 나비를 가질 수도 없고 가져서도 안 된다는 사실을 깨달았네. 이걸 도로 갖다 놓고, 어떻게든 이 모든 걸 없었던 일로 만들어야겠다는 생각이 퍼뜩 들었어. 그래서 도중에 누군가를 만나거나 도둑질이 발각될지도 모른다는 두려움에도 재빨리 몸을 돌려 계단으로 뛰어가, 일 분 뒤 다시 에밀의 방에 도착했네. 나는 조심스럽게 주머니에서 손을 빼내 나비를 다시 책상 위에 내려놓았네. 그런데 나비를 찬찬히 살펴보기도 전에 벌써 사고를 직감했네. 머릿속이 하얘지면서 울음이 터져 나올 것 같더군. 공작나비가 망가져버린 걸세! 오른쪽 앞날개와 오른쪽 더듬이가 없더군. 주머니에서 부러진 날개를 조심스럽게 꺼내보았지만 날개는 이미 회복 불능으로 망가져서 다시 접합하는 건 불가능해 보였네.

도둑질을 했다는 감정보다 내가 망가뜨린 이 아름다운 희귀종을 보는 게 훨씬 더 괴로웠네. 손가락에 묻은 고운 갈색 날개 가루와 찢어진 날개를 보면서 이걸 다시 원래대로 돌려놓을 수만 있다면 내가 가진 재산 전부와 즐거움 모두를 기꺼이 내줄 수 있을 것 같은 심정이었네.

나는 슬픈 마음으로 집에 돌아와 오후 내내 우리 집 작은 정원에 앉아 있었어. 그러다 황혼 녘에야 어머니에게 모든 걸 털어놓을 용기가 생겼네. 어머니가 얼마나 놀라고 슬퍼하실지 짐작이 갔지만, 내가 고백하는 것이 벌을 견디는 것보다 몇 배는 더 힘든 일이라는 걸 어머니는 이해해주실 것만 같았지.

산호랑나비
Schwalbenschwanz

어머니는 단호하게 말씀하셨다네. "에밀에게 가서 직접 사실대로 말해야 한다. 그게 네가 할 수 있는 유일한 길이야. 그전에는 난 널 용서할 수 없어. 혹시 네 물건 중에서 어떤 걸 그 애에게 보상으로 줄 수 있는지 생각해보는 것도 한 방법이야. 그런 다음 진심으로 용서를 구해야 해."

아마 에밀이 모범생이 아니라 평범한 친구였다면 사과를 하러 가는 게 한층 쉬웠을 걸세. 난 녀석의 반응이 선하게 그려졌네. 그러니까 녀석은 나를 이해하려고도 내 말을 믿으려고 하지도 않을 것 같았네. 저녁이 지나고 밤이 가까워졌지만 에밀에게 갈 용기가 나지 않았어. 어머니는 현관 복도에서 서성거리는 나를 발견하고는 나직이 말씀하셨지. "오늘 중으로 해야 돼. 어서 가!" 나는 떨어지지 않는 발걸음을 억지로 떼어들고 옆집으로 건너가 아래층에서 에밀을 불렀네. 녀석은 나 오자마자 그러더군. 누가 자기 공작나비를 망가뜨렸는데, 어떤 나쁜 녀석이 그랬는지, 아니면 새나 고양이가 그랬는지는 잘 모르겠다고. 나는 함께 올라가 좀 보여달라고 부탁했지. 우리는 올라갔고, 녀석은 방문을 열고 촛불을 켰네. 판때기 위에 엉망이 된 나비가 누워 있는 게 보였네. 에밀이 나비를 복원하려고 애쓴 흔적도 보이더군. 부러진 날개가 정성스럽게 펼쳐진 채 젖은 압지 위에 놓여 있었으니까. 하지만 구제불능처럼 보였네. 더듬이도 여전히 없었고.

나는 내가 한 짓이라고 고백하면서 어떻게든 설명을 하려고 했네.

그런데 에밀은 길길이 날뛰면서 고함을 지르는 대신 이 사이로 휘파람을 휘익 하고 불고는 한참 동안 나를 가만히 바라보더니 말했네. "그래, 넌 원래 그런 녀석이야."

나는 내 장난감을 전부 주겠다고 했네. 그래도 녀석이 싸늘한 태도를 풀지 않고 계속 경멸적인 표정으로 바라보기만 하자 수집한 나비까지 전부 주겠다고 했네. 그러자 녀석은 이렇게 말하더군.

"고맙기는 한데 네 수집품은 나도 벌써 알고 있어. 게다가 오늘 일로 네가 나비를 어떻게 다루는 애인지 또 확인됐잖아!"

순간 나는 하마터면 녀석에게 달려들어 멱살을 잡을 뻔했어. 하지만 그럴 수가 없었네. 난 나쁜 놈이 되어 그저 우두커니 서 있을 수밖에 없었지. 에밀은 세계 질서를 책임진 정의의 사도처럼 내 앞에 차갑게 서 있었네. 욕은 한마디도 하지 않고 나를 경멸적으로 바라보기만 하면서.

　그때 난 처음으로 한 번 망가진 것은 결코 복원될 수 없다는 걸 깨달았네. 에밀의 방을 나와 집에 돌아왔을 때 어머니는 다행히 아무것도 묻지 않고 내게 입맞춤만 해주셨네. 시간이 늦어 곧바로 잠자리에 들어야 했지만, 나는 그전에 몰래 부엌에 들어가 커다란 갈색 상자를 갖고 와 침대 위에 올려놓고는 어둠 속에서 뚜껑을 열었네. 그리고는 나비를 하나씩 꺼내 손가락으로 짓이겨 가루로 만들어버렸지.

― 1911년

여름어리표범나무
Mittel-Wegerichfalter

어느 시집에 바치는 시
Widmungsverse zu einem Gedichtbuch

나무에선 나뭇잎이,
인생의 꿈에선 노래가
살랑살랑 나부낀다.
우리가 처음 노래한 이후
많은 것들이 가라앉았다,
부드러운 멜로디들이.

노래도 죽는다.
영원히 울려 퍼지는 노래는 없다.
모든 것이 바람에 실려 사라진다.
스러지지 않는 것들의
세속적인 비유인
꽃도 나비도.

아폴로모시나비

피어발트슈테터제 호숫가에서 보낸 방랑의 하루

Apollo : Ein Wandertag am Vierwaldstätter See

　　　　　　　나그네는 약간 떨어진 길가에 누워 따뜻한 햇볕을 쬐고 있었다. 눈은 누런 바위 위에서 노니는 빛의 유희를 쫓았고, 귀는 뒤편 멀리서 끊임없이 들려오는 나직한 계곡 물소리를 자장가처럼 듣고 있었다. 가벼운 꿈에 잠긴 영혼은 날개를 활짝 펴고 공중에 떠 있는 새처럼 어린 시절의 환한 대지 위에 머물러 있었다. 갈색 나비 한 마리가 길가 담장을 느릿느릿 넘어오더니 누워 있는 나그네의 눈에 비친 좁은 호수면 윤곽을 불안스런 비행선飛行線으로 절단했다. 나비 날개의 풀죽은 색은 반짝거리는 진녹색 땅 위에서 환하고 풍성하게 되살아났다. 연한 날개 가장자리가 희끄무레한 빛줄기 속에서 번갈아가며 떨리는 게 마치 움직임의 날선 윤곽이 빛을 끌어들이는 듯했다. 쉬는 자의 기억 속으로 어린 시절의 열정적인 환희가 솟구쳤다. 여름철 큼직한 꽃들이 만발한 정원 꽃밭이나 뜨거운 공기가 반짝반짝 물결처럼 파르르 떠는, 바람 잔잔하고 꽃향기 물씬한 초원에서 나비를 쫓을 때의 들뜬 흥분도 함께 떠올랐다.

  꿈꾸는 나그네의 눈꺼풀이 차츰 무거워지더니 자기도 모르게 고단한 눈동자 위로 미끄러져 내렸다. 그의 꿈은 숨 막히는 즐거움 속에서 나비를 뒤쫓던 고향 들판과 언덕을 뛰어다니고 있었다. 장막이 벗겨진 아득한 기억의 심연에서 오랫동안 잊고 있던 어린 시절의 동경이 잠자는 이를 덮쳤다. 아폴로모시나비에 대한 동경이었다. 소년이 뜨겁게 소망했던 목표물, 그러니까 눈처럼 흰 바탕에 빨간 점박이무늬가 있는 나비가 파란 하늘을 배경으로 아름다운 나비 왕의 형상으로 나그네의 눈앞에 떠올랐다. 이어 지난 시절의 진기하고 사랑스러운 다른 멜로디도 친숙하고 나직하게 울리며 다가왔다. 잠자는 나그네의 생각 위로는 그리움 가득 품은 어린 시절의 둥근 하늘이 놀랍도록 환하고 부드럽게 펼쳐졌다. 건너편 산에서 산들바람이 서늘하게 불어와 잠자는 이의 낮은 이마를 스쳐갔다. 나그네는 싱긋 웃으며 천천히 눈을 떴다. 그러고는 맑고 투명한 호수 공기와 쾌활하게 빛나는 풍경 색에서 생기를 얻은 듯 가뿐하게 몸을 일으켰다.

그때 하얀빛 한 점이 미끄러지듯 스쳐지나갔다. 나그네는 동작을 멈추고 가만히 고개를 들었다. 환한 나비 한 마리가 소리 없이 차분하게 우아한 곡선을 그리며 공중에서 내려오더니 바닥에 붙어 팔랑팔랑 날아갔다. 그러다 주위를 살피는 듯 살며시 날갯짓을 몇 번 하더니 햇빛 잘 드는 바위 경사면에 사뿐히 내려앉았다. 녀석은 귀를 기울이는 듯했고, 섬세한 더듬이도 갸웃갸웃 움직였다. 그러더니 따뜻한 햇빛 속에서 날개 네 개를 모두 활짝 펼쳤다. 아폴로모시나비였다! 비단결 같은 흰 날개 위에 좀 더 짙은 색의 혈관이 금속성 광채를 뿜으며 연한 선 모양으로 불거져 있었고, 비단 같은 흰 바탕 한가운데에는 눈처럼 생긴 화려한 무늬가 담홍색으로 반짝거렸다.

아폴로모시나비가 날개를 접자 완벽한 곡선을 갖춘 고결하고 늘씬한 형태가 뚜렷이 드러났다. 나비는 몸을 한 바퀴 완전히 돌려 숨을 들이쉬듯 편안하게 다시 한번 날개를 펼치고는 가볍게 날아올랐다. 처음에는 바위에서 키 큰 보랏빛 엉겅퀴

꼭대기로 날아가더니 거기서 다시 호수 아래쪽 좀 더 어두운 수면으로 향했다. 그러다 다시 솟구쳐 올라 잠시 망설이는 듯 가만히 떠 있는가 싶더니 갑자기 환성을 지르듯 연달아 날개를 쳐 빛나는 깊은 하늘로 사라졌다.

— 1901년

아폴로모시나비
Apollo

와인 잔 속의 나비

Falter im Wein

내 와인 잔 속으로 날아든 나비 한 마리,

술에 취해 달콤한 파멸에 몸을 맡기더니

젖은 채 뻣뻣하게 허우적거리다 기꺼이 죽을 채비를 하나
니

결국엔 내 손가락에 의해 건져지는구나.

네 눈에 현혹된 내 심장,

향기 나는 사랑의 잔에 기쁨으로 푹 빠져

네 마법의 와인에 취해 기꺼이 죽을 수 있나니,

네 손짓이 내 운명을 완성하지 않는다면.

파랑나비
Blauer Schmetterling

작은 파랑나비 한 마리가
바람에 실려 날갯짓한다.
진주층 같은 떨림이
반짝반짝, 깜박깜박, 사라진다.

순간적인 반짝임과 함께
지나가는 바람 속에서
나는 행복이 손짓하는 것을,
반짝반짝, 깜박깜박, 사라지는 것을 보았다.

중점박이푸른부전나비
Bläuling

노랑나비
Goldene Acht

알프스 곰
Der Alpenbär

       프레다에서 점심 식사를 할 때 좌중에서는 알프스 곰 얘기밖에 나오지 않았다.

"닷새 전부터 알프스 곰을 찾아다녔지만 한 마리도 잡지 못했네!"

"난 두 마리 잡았어. 하나는 암컷이고."

"어제 한 마리를 봤는데 놓치고 말았어."

사내 중 하나가 내게 고개를 돌렸다. "당신은 혹시 못 만났습니까?"

"뭘요? 알프스 곰을요?"

"그것 말고 뭐가 있겠어요?"

순간 나는 생각에 잠겼다. 그라우뷘덴 지방 일대에 곰이 산다는 사실을 전혀 모른다는 것이 솔직히 약간 창피했다. 그래서 무지를 드러내기보다는 부인하기로 마음먹었다.

"아직 만난 적은 없습니다." 나는 태연하게 대답했다. "으르렁거리는 소리는 여러 번 들었지만." 순간 사내는 휘둥그레진 눈으로 나를 빤히 바라보더니 설레설레 고개를 저으며 폭소를 터뜨렸다.

"당신은 엔토몰로그가 아닙니까?" 그는 아직 웃음기가 가시지 않은 얼굴로 물었다.

"아뇨. 근데 그게 뭐죠?"

"나비 같은 생물을 수집하는 곤충학자죠. '플라비아'라고도 불리는 알프스 곰은 이 지방에 서식하는 알프스 나비예요. 우린 모두 그 나비를 찾아다니고 있죠."

"그래요? 난 사내아이들이나 즐기는 취미인 줄로만 알았는데…"

"그럴 리가요! 그런데 혹시 여쭈어봐도 된다면 당신은 곤충학자도 아니면서 여기 프레다에서 뭘 찾고 계신 건가요?"

내가 보기에 이건 바보 같은 질문이었다. 프레다는 가장 높은 고갯길에서 세 시간 정도 떨어진 알불라산맥으로 둘러싸인 무척 높고 아름다운 고장이어서 굳이 나비가 아니어도 찾아올 이유는 많았기 때문이다. 주변에는 등산객이라면 한 번쯤 오르고 싶은 산이 즐비했다. 그중에서도 발룽 봉과 물리 봉은 특히 매력적이었다.

그런데 며칠 뒤 물색없는 사내의 말이 옳았음이 드러났다. 프레다에는 작은 역사驛舍 하나와 여관 두 개밖에 없는데, 이 두 여관에 곤충학자만 득실거렸기 때문이다. 게다가 어디를 가건 나비를 잡을 그물채와 작은 에테르 병, 아세틸렌 등이 널려 있었고, 초지마다 그물채가 없는 곳이 없었으며, 자갈밭마다 남자들이 진지한 표정으로 돌을 하나씩 들추어보고 있었다. 알프스 곰은 돌 밑에서 알을 깠기 때문이다. 여기엔 5년 전부터, 아니 그전부터 여름이면 이곳을 찾는 수집가들이 있었다. 그중에는 알프스 나비 희귀종을 벌써 삼십 마리 이상 잡은 사람도 있지만, 수년 전부터 특정한 나비를 한 마리도 잡지 못해 낙담하고 신경이 날카로워진 사람들도 있었다.

수집가들 중에는 분명 일상에서 편하게 교류할 수 있는 사람들도 있었다. 그러나 이 열정의 집결지에서는 광적이고 몰상식한 인간들이 판을 쳤다. 누구 할 것 없이 나비를 잡기 위

갈색 불나방
Brauner Bär

해 혈안이었고, 남을 견제하려고 술수를 부렸다. 예를 들어 희
귀종을 손에 넣은 사람은 동료에게 엉뚱한 장소를 가르쳐줬
다. 그러면서도 최소한 그들 가운데 한 명이 몰래 뒤를 밟아
진짜 장소를 알아낼 줄은 꿈에도 몰랐다. 모두들 자신이 무덤
에 들어갈 때까지 비밀을 지켜야 할 장소와 자기만의 경험이
있다고 믿었다. 쟁쟁한 경쟁자 하나가 바위에서 떨어져 뼈가
부러졌다는 소식을 들으면 다들 겉으로만 가식적으로 안타까
위할 뿐이었다.

　이런 일들 때문에 나는 프레다에 머무는 것이 그리 유쾌하
지 않았다. 하지만 그보다 더 고약한 것은 나비 수집이 불러온
전염의 위험이었다. 거기 머문 지 여드레 정도가 지났을 때 함
께 여행을 하는 친구에게 급기야 산악 트레킹을 하다가 이런

말까지 하게 되었기 때문이다. 집으로 돌아가면 나도 나비 수집을 해볼 생각이고, 게다가 잡은 나비를 죽이는 데 청산가리대신 에테르를 쓰겠다고 말한 것이다. 동행자는 나를 이상하다는 듯이 바라보았고, 나는 그제야 불현듯 내 상태의 심각성을 알아차렸다. 나는 즉시 그곳을 떠나기로 마음먹었다. 그런데 그날 저녁 곤충학자들의 채집 활동을 마지막으로 한 번 더보고 싶다는 열망이 들끓었다. 결국 나는 그들을 따라나섰는데 지금도 그것을 후회하지 않는다. 프레다에서 보낸 가장 아름다운 밤이었기 때문이다.

저녁 식사 후 우리는 길을 떠났다. 나비 사냥꾼 둘, 내 친구, 나 이렇게 넷이었다. 사위는 아직 환했다. 우리는 아름다운 도로를 따라 천천히 산으로 올라갔고, 팔푸오그나와 신비를 품은 듯한 작은 알프스 호수를 지났다. 유리 같은 초록빛 수면가운데에 커다란 암청색 눈이 하나 있는 호수였다.

"저기 보이시오? 호숫가에 시커멓게 서 있는 신비로운 나무몇 그루! 동화 속 그림 같지 않소?"
"그래요, 저게 낙엽송이죠. 이 시간쯤에 저기 가면 자나방은몇 마리 쉽게 잡을 수 있죠. 내려가겠소?"

"그냥 가시죠."

"그래요, 계속 갑시다. 저기가 백립암이오."

백립암은 예전엔 사람들이 많이 찾았지만 알불라 철도 노선이 개통되면서 문을 닫은 여관이자, 알프스 곰, 즉 알프스불나방의 가장 유명한 발견지인 플라비아펠젠 암석에서 한 시간도 채 떨어지지 않은 지리적 위치 때문에 곤충학자들이 원정을 위해 모이는 주 출발지이기도 했다.

편안한 도보가 고개에서 왼쪽으로 꺾였다. 길은 폭포와 크고 황량한 자갈 산비탈을 여러 개 지나 곧장 순례자 숙소로 이어졌다. 우리는 천천히 올라갔고, 도중에 웬만한 돌들은 죄다 들추어보았다. 그중에는 어른 키만 한 것도 있었다. 알프스불나방의 알이나 애벌레를 찾으려는 희망에서 비롯된 행동이었지만 눈에 띈 것은 속빈 애벌레 껍질뿐이었다.

우리는 산으로 올라가면서 자갈밭에서 길을 잃었고, 가파른 지점에서는 서로가 들추어본 돌이 자칫 굴러내려 다른 사람을 다치게 하지 않으려고 조심하고 또 조심했다. 별 재미가 없던 이 일은 한 목동의 말로 긴장과 흥분을 띠게 되었다. 느슨한 바위 밑에 살모사가 무리지어 산다는 것이다. 그러나 살

모사도 발견되지 않았다. 모든 생명체가 멸종된 듯 스산할 따름이었다. 다만 높은 곳에서 이따금 조롱하듯 날카롭게 쉿쉿거리는 마멋의 소리만 울려 퍼질 뿐이었다.

나는 소득 없는 수고가 마뜩잖아지기 시작했다. 날은 빠른 속도로 어두워졌고, 돌무더기에서의 작업은 불가능에 가까워졌다. 자갈밭 건너편에서 돌이 거의 없는 길쭉한 초지에 다다랐고, 거기서부터 힘들이지 않고 산으로 향했다. 나머지 세 사람을 밑에 남겨두고 한동안 아무 생각도 목표도 없이 점점 짙어지는 어둠 속으로 가파르게 산을 오르기만 했다. 작은 돌들이 발밑에서 나직이 미끄러졌고, 이따금 산악용 지팡이 끝이 바위틈에서 새된 비명을 질러댔다. 이 소리와 징 박힌 신발 밑창이 바닥과 마찰하면서 내는 희미한 소리 말고는 아무것도 들리지 않았다.

어느새 건너편 산꼭대기 위로 첫 별이 떠올랐다. 숨을 돌리며 주위를 돌아보는 순간 기대치 않았던 압도적인 풍경이 펼쳐졌다. 우람한 산줄기가 가파른 경사를 이루며 쉼 없이 저 아래 갈색 적막에 휩싸인 알불라 계곡 쪽으로 치달았다. 습지와 돌 황무지 사이로 작은 보석 같은 호수들이 창백하게 반짝거렸고, 호수마다 하늘의 별이 하나씩 떠 있었다. 넓고 웅장한 고산 골짜기 너머에는 쌍둥이 봉과 롤라이스 봉, 알볼라호른 봉이 밤하늘과 날카로운 경계를 이루며 우뚝 솟아 있었다. 만물이 모호하고 푸르스름한 별빛 속에 누워 있었고, 낮에 볼 때보다 한층 쓸쓸하고 거대하며 야성적으로 보였다. 나는 맑지만 달도 없는 밤이 만들어내는 이 차갑고 베일 같은 회녹색의 빛만큼 유려한 고갯길 특유의 장엄함을 감동적이고 순수하게 눈앞에 펼쳐 보이는 정취와 조명을 알지 못한다. 물론 바람 부는 안개 낀 아침에 축축하게 흐르는 은빛 다음으로 말이다.

여기서 보니 저 아래 자갈밭에서 사냥에 열중하고 있는 두 곤충학자의 모습은 유령 같기도 하고 웃기기도 했다. 각자 강력한 빛을 내는 갓등을 바닥에 올려놓고 활짝 펼친 흰 아마천 위에다 빛을 비추었다. 살며시 움찔거리는 불빛 주위에서는 두 사냥꾼이 돌 비탈에서 넘어지지 않으려고 조심조심 몸을 비틀며 춤을 추고 있었다. 빛의 유혹에 빠진 밤나방을 잡으려고 흰 그물채를 긴 포물선 형태나 원형으로 돌리고 있던 것이다.

밤나방들은 빛에서 멀어지면 어지러운 얼룩처럼 불분명하

게 보이다가도 빛으로 들어오면 갑자기 선명한 모습을 다시 드러냈다. 가끔 사냥꾼 중 하나가 채에 걸린 나방을 꺼내려고 미끄러지듯이 급히 바닥으로 달려들거나 무릎을 꿇었다. 야생동물들의 야간 무도회 같다고 할까! 한밤의 거대한 산에 둘러싸인 광대한 알프스 계곡에서 두 사람이 순진무구한 탐욕에 사로잡혀 격정적으로 움직이는 이 모든 광경은 내게 잊을 수 없는 인상을 심어줬다.

돌아와보니 등불이 하나 꺼져 있었고, 등불 주인은 간신히 화를 누르고 있었다. 반면에 다른 남자는 웃음을 띠며 차분하게 사냥에 열중했다. 하지만 그도 곧 사냥을 접었고, 우리는 그의 등불에 의지해서 숙소로 돌아갔다. 내가 나비를 몇 마리나 잡았는지 물어보자 한 수집가는 운이 좋았다며 결과에 만족해했고, 등이 말을 듣지 않은 다른 수집가는 탁한 목소리로 재수가 더럽다며 투덜거렸다.

"당신 동료가 당신보다 운이 좋았군요." 내가 그에게 말했다.

"그러게 말이오." 그가 분통을 터뜨렸다. "항상 바보 같은 사람한테 행운이 따르니!"

그의 동료도 이 말을 들은 듯했지만 그냥 흡족하게 웃기만

했다. 그러나 그도 알프스 곰을 잡지는 못했다. 이 나비를 보는 호사를 누린 건 나 혼자뿐이었다. 늦은 귀로 후에 여관에서 불을 켰을 때 알프스불나방이 내 창문으로 날아들었다. 그러나 나는 녀석을 잡지도 않았고 수집가들에게 녀석의 출현을 알리지도 않았다. 털이 많은 몸통에 검은색과 황갈색으로 이루어진 아름다운 동물이었다. 나는 녀석에게 고개를 끄덕거려주고는 불을 껐다. 그러자 녀석은 급히 날개를 펄럭이며 푸르스름한 밤 속으로 사라졌다.

— 1905년

예쁜 불나방
Schönbär

고백
Bekenntnis

우아한 빛이여, 그대 유희에
흔쾌히 푹 빠진 나를 보라.
다른 이들은 목적과 목표가 있으나
나는 살아가는 것만으로 충분하나니.

비유는 내게 모든 것을 밝혀주나니,
내 감각을 건드리는 모든 것을,
내가 늘 생생하게 느끼는
무한함과 통일성의 모든 것을.

그런 상형문자를 읽는 것만으로
나는 늘 살아갈 가치를 느끼나니.
영원한 것, 본질적인 것은
내 자신 속에 깃들어 있음을 알기 때문이리라.

인도 나비들
Indische Schmetterlinge

       캔디는 아름다운 스리랑카섬에서도 가장 예쁜 곳이라고들 한다. 콜롬보에서 그리로 가는 기차 여행은 경탄과 아름다움의 놀라운 연속이다. 캔디는 왕과 사제들이 오랜 세월 지배해 온 옛 도시의 잔해다. 그런 도시를 근자에 새로 밀고 들어온 영국인들의 자본이 편안하고 깨끗하지만 부패한 호텔과 이방인들의 본거지로 만들어버렸다.

  그럼에도 캔디는 아름답다. 세상 어떤 돈과 시멘트로도 이 지방의 풍요로운 식물 세계를 망가뜨릴 수는 없기 때문이다. 이곳의 초록빛 언덕 비탈에는 덤불과 나무가 넘쳐나고, 덩굴

식물은 한층 무성하다. 희한한 느낌의 큰 꽃을 터뜨리는 메꽃과 클레마티스가 곳곳에 피어 있어 계곡 아래쪽으로 내려가며 진한 향기를 가득 풍긴다. 다만 계곡의 인공 호수는 기괴한 비체계적 설계로 구제 불능으로 보인다.

용감한 영국인들은 늙은 여자들이 녹슨 칼로 잔디를 깎는 이 호수에서 산책을 한다. 영국인 산책가들은 끊임없이 몰려드는 마부와 인력거꾼, 굽실거리면서 뻔뻔하게 달라붙는 장사치나 거지들을 전혀 성가시게 여기지 않는다. 그들은 부자에다 천재적인 식민지 개척자이기 때문이다. 또한 자신들이 억압하는 민족들의 몰락을 구경하는 걸 기쁨으로 삼는다. 그러한 몰락은 지극히 인간적이고 친근하며 유쾌하게 진행될 뿐 아니라 살인과 착취가 아닌 고요하고 부드러운 부패이자 도덕적 타락을 의미하기 때문이다.

어쨌든 영국인들은 자기만의 스타일이 있었다. 반면 독일인이나 프랑스인은 원시민족들의 눈에 이상하지 않은 유럽인은 오직 영국인뿐이라는 생각이 들 정도로 조악하고 어리석게 행동했다. 나도 도시의 그런 면에 전혀 위축되지 않고 첫날부터 최대한 캔디의 많은 것을 보려고 시도했다.

그러나 귀가 뚫려 있고 마음이 약한 사람에게는 쉽지 않은 일이었다. 캔디 시내를 돌아다니는 것은 관광산업의 하이에 나들 사이를 지나는 힘들고 화나는 곤틀릿(양쪽으로 늘어선 동료 들 사이로 잘못을 저지른 병사를 지나가게 하면서 곤봉이나 채찍으로 때리는 형벌)이나 다름없었다. 물론 유럽에서도 영국 자본의 은혜를 받은 관광지에서는 충분히 경험할 수 있는 일이었지만.

아무튼 그런 곳을 지나다가 더는 참지 못해, 히죽거리는 인력거꾼에게로 도망칠 수 있으면 그나마 다행이었다. 그전에 인력거로 길을 가로막는 바람에 수십 번도 더 쫓겨난 그 인간들한테로 말이다. 하지만 시내를 통과하다보면 인력거꾼들의 말이 옳았음을 알게 된다. 그들은 캔디를 처음 찾은 신참 관광객들이 결국엔 시달림을 이기지 못하고 자신들의 인력거로 도망칠 수밖에 없다는 걸 정확히 예상한 것이다.

그러나 인간은 살다보면 많은 것에 익숙해지기 마련이다. 내가 싱가포르와 콜롬보의 폭염, 원시림의 모기, 인도 음식, 설사와 배앓이에 적응했듯이 여기서도 그럴 수밖에 없었다. 나는 슬픈 검은 눈망울의 아리따운 인도 소녀가 거리에서 구걸을 해도 차츰 모른 척 지나갈 줄 알았고, 성자처럼 생긴 백

발노인이 다가오면 차가운 시선으로 쫓아버릴 줄도 알았으며, 어떻게든 물건을 팔아보려고 따라붙는 온갖 행상들을 야전 장군 같은 손짓과 거친 명령으로 단번에 조용하게 만들 줄도 알게 됐다. 심지어 인도를 비아냥거릴 줄도 알았고, 신심에 충만한 표정으로 무언가를 애타게 찾는 인도인 대부분의 기도가 신들과 구원에 대한 갈구가 아니라 그저 돈에 대한 갈구일 뿐이라는 끔찍한 경험도 속으로 꾹 삼킬 줄 알게 됐다.

이처럼 인도에 웬만큼 적응이 되었을 때 어느 날 나는 한껏 자만심에 부풀어 나비채를 들고 밖으로 나가는 대담한 짓까지 저지르게 됐다. 거리의 아이들이 그런 나를 호기심 어린 눈으로 구경하거나 심지어 놀릴 수도 있다는 건 이미 예상했다. 사실 이런 일은 평소에 그렇게 선량하던 말레이인들에게 어느 정도 단련이 되어 있었다.

풀표범나비
Großer Perlmutterfalter

어쨌든 내가 나가자 실제로 골목길에 서 있던 사내애들은 깔깔 웃으면서 나를 뒤쫓으며 스리랑카말로 뭐라고 지껄여댔다. 나는 옆구리에 책을 끼고 지나가는, 대학생으로 보이는 한 스리랑카 청년에게 지금 저 아이들이 뭐라고 소리치는지 물어봤다. 청년은 공손하게 웃으면서 나직이 대답했다. "저 아이들은 지금 선생님을 보고 나비를 잡으러 가는 영국인이라고 말하고 있습니다!" 하지만 사내애들의 표정은 그렇게 악의 없는 말을 하고 있는 것 같지 않았다.

어찌됐건 나는 만족스럽게 계속 내 갈 길을 갔고, 도중에 다른 사내애들이 수없이 달라붙어 나비들이 있는 좋은 장소를 알려주겠다며 매번 잔돈 몇 푼이라도 달라고 손을 내미는 것에도 놀라지 않았다. 이 모든 일이 이제 더는 불쾌하지 않았다. 거리가 점점 조용해지고 근처의 좁은 숲길이 혼자만의 시간을 약속하는 듯했을 때 안도의 한숨을 내쉬며 아직 남아 있던 장난기를 발휘해 성가신 아이들을 쫓아버리고는 재빨리 나를 구원해줄 오솔길로 접어들었다.

나는 실은 비참한 패자였음에도 승리자라고 믿으며 뭔가에 홀린 듯 나의 길을 걸어갔다. 옮기는 걸음마다 자부심이 배어났고, 또 한 번 아주 현명하게 처신했다는 혼자만의 착각에 빠져 있었다. 그사이 머리 위로 불운의 구름이 몰려오고 있고, 나를 향해 낚싯줄이 던져진 줄은 꿈에도 몰랐다. 아니, 지금 생각해보면 나는 이미 한참 전에 미끼를 덥석 문 게 분명했다. 걸어가는 내내 잘생기고 조용한 사내, 아니 한 신사가 서른 걸음 정도 뒤에서 나를 따르고 있었다. 새까만 곱슬머리에다 슬픔을 품은 듯한 갈색 눈, 아름다운 검은 수염이 눈길을 끌었는데, 나중에 듣기로는 이름이 '빅터 휴즈'라고 했다. 나는 이 사내의 제물이 될 운명이었다.

사내는 공손하게 인사를 하며 다가오더니 세련된 미소를 지으며, 이 길은 채석장으로 가는 길이라서 나비를 잡을 가망이 없다고 완벽한 영어로 깍듯이 예의를 갖춰 일러줬다. 그러고는 저 건너편, 그러니까 오른편도 크게 나쁜 장소는 아니지만 저기 남쪽, 즉 건너편 계곡이 나비를 잡기에 최적의 장소라고 덧붙였다. 나는 간단하게 고맙다거나 예, 예라는 말밖에 하지 못했지만 우리는 곧 개인적인 친밀감을 느끼며 일종의 대화라고도 할 수 있는 말들을 나누게 되었다.

이 아름다운 사내의 슬프고도 지혜로워 보이는 눈에서는

억압받고 있지만 기나긴 역사를 자랑하는 고결한 민족의 은은한 질책이 뿜어져 나오는 듯했고, 말과 거동에서는 잘 보존되어온 정중함과 불교적 온화함을 품은 오랜 문화가 느껴졌다. 나는 곧 이 사내가 좋아지기 시작했다. 연민과 존경이 뒤섞인 감정이었다. 나는 열대 모자를 쓴 백인 이방인으로서 가난한 원주민인 그가 허리를 숙여야 할 지체 높은 신사이자 주인님이었다. 그러나 귀족적 풍모나 지역과 사물에 대한 지식, 빼어난 영어로 보건대 우월한 쪽은 오히려 그였다. 나비에 대한 지식도 빅터 휴즈가 나보다 수백 배는 더 뛰어났다. 그는 마치 동료를 대하듯 친근한 미소를 지으며 한 번도 들어보지 못한 나비 이름을 라틴어로 술술 읊어댔고, 나는 아마추어 수준의 지식을 드러내지 않으려고 그저 다 안다는 듯 고개만 끄덕거렸다.

또한 중간중간에 몇 번 당황함을 감춘 자애로운 어조로(영국인들이 원주민들에게 잘 써먹는 어조다) 이렇게 말하기도 했다. "그래요, 그래, 나도 캔디의 나비들을 잘 알아요!" 그는 나와 인도 나비들에 대해 이야기를 나눴는데, 방식이 마치 종려나무 농장의 베테랑 정원사가 식물학자로 보이는 낯선 방문객과 대화를 나누는 듯했다. 나는 형편없는 영어 실력 때문에 되도록 말을 아꼈고, 그 바람에 나에 대해 설명할 기회를 번번이 놓치면서 부지불식중에 거짓말 속으로 더 깊이 빨려 들어갔다. 그러니까 이 침묵의 놀이와 함께 스스로 학문적 수집가이자 전문가의 역할을 점점 더 뚜렷하게 떠맡게 된 것이다. 상황이 이렇다 보니 나는 빅터 휴즈가 나를 지체 높은 동료로 여기든 말든, 원래는 내게 있지도 않은 관심과 의도가 있다고 마음대로 믿든 말든 그냥 내버려뒀다.

그때였다. 정말 생각지도 못한 순간에 그가 품에서 예쁘장한 작은 나무 상자를 마술처럼 끄집어냈다. 하지만 내 얼굴에 의심과 경계심이 순간적으로 떠오르는 것을 보고는 그 고상한 얼굴에 장사꾼의 알랑거리는 미소를 피어올리며 유혹의 몸짓으로 상자를 열었다. 상자 속에는 흰 바탕 위에 완벽하게 표본 처리된 예쁜 나비와 딱정벌레들이 누워 있었다. 그는 싼값에 주겠다며 15루피에 사라고 제안했다.

나는 즉시 사태의 위험성을 직감했다. 그러나 막을 도리가 없었다. 박식한 학자 같은 이 정중한 스리랑카 인에게 갑자기 태도를 바꾸는 것은 말도 안 되는 일이었다. 게다가 이런 식으로라도 물건을 팔려는 태도에서 엿보이는 궁핍한 사정에 안

쓰럽고 측은한 마음이 드는 것도 사실이었다. 그러나 나는 살 마음이 전혀 없었다. 더군다나 빠듯한 여행 경비를 생각하면 돈을 아껴야 할 형편이었다.

나는 의도적으로 목소리를 차갑게 깔면서 유감을 표했다. 내가 수집가이긴 하지만 나비를 사지는 않고, 게다가 이렇게 표본 처리된 나비에는 전혀 관심이 없다고.

휴즈 씨는 내 말을 즉시 알아듣고 이렇게 답했다. 나 같은 수집가들이 죽은 나비를 사지 않는 건 당연한 일이다. 자기도 그런 생각을 했다. 이건 그냥 작은 견본일 뿐이다. 나 같은 사람은 당연히 종이봉투에 담긴 갓 잡은 나비만 사려고 할 것이다. 그래서 오늘 저녁에 그걸 보여줄 생각이라고 했다. 그는 내가 퀸스호텔에 묵고 있는 것을 안다면서 혹시 여섯 시쯤에 가면 만날 수 있겠느냐고 물었다.

그건 나도 모르겠다고, 짧게 대답했다. 그러면서 지금은 다른 방해 없이 산책을 계속하고 싶을 뿐이라고 덧붙였다. 그는 예의를 차려 깨끗이 물러났고, 나는 이제 족쇄에서 벗어나 평온함을 누릴 수 있게 됐다고 믿었다.

제왕범나비
Königlicher Segler

그러나 휴즈는 내 운명이 됐다. 그날 저녁 그는 호텔 로비에 나타나 나를 보더니 스스럼없이 인사를 했다. 우리는 날씨에 관해 몇 마디를 주고받았다. 그러다 어느 순간 그가 또 마술처럼 로비의 한 기둥 뒤에서 상당수의 함과 깡통, 작은 상자를 꺼내놓았다. 나는 순식간에 솜씨 좋게 펼쳐진 갖가지 종류의 인도 나비들에 둘러싸였다. 구경꾼들이 우리 테이블로 몰려들었고, 빅터 휴즈는 영국과 미국, 독일의 인증서와 주문서를 줄줄이 내놓았다. 구경꾼이 늘어날수록 나는 볼품없는 영어 실력을 드러내기가 더욱 싫어졌다. 그래서 갑자기 중요한 일이 생각난 사람처럼 자리에서 벌떡 일어나 모자와 외투까지 그대로 두고는 급히 엘리베이터로 달려가 4층으로 도망쳐버렸다. 이 도주와 함께 나는 주도권을 완전히 내주게 됐다.

그때부터 나는 캔디에서 휴즈 씨 말고 다른 것은 보이지 않았다. 그는 내가 지나가는 길모퉁이마다 서 있었고, 차에서 내릴 때면 외투를 받아줬다. 게다가 내 호텔 방 번호뿐 아니라 내 외출 시간과 식사 시간도 알고 있었다. 내가 아침에 여덟 시까지 기다렸다가 외출해도 그는 계단에 서 있었고, 다른 날엔 혹시나 싶어 여섯 시 반에 나가도 거기 있었다. 내가 가게에 들러 느긋하게 그림엽서를 고를 때도 그는 옆구리에 작은 상자를 낀 채 웃는 얼굴로 상점 입구에 모습을 드러냈고, 숲에서 나비채를 잘못 휘둘러 나비를 놓쳤을 때도 어느새 나타나서는 도망치는 나비를 가리키며 라틴어 학명을 이야기했다. "저한테 저 나비의 훌륭한 표본이 있습니다. 암컷도요. 제가 일곱 시쯤 호텔로 가져가겠습니다!"

이렇게 며칠이 지나자 나는 더 이상 그에게 정중하게 말하지 않게 됐다. 하지만 10루피를 주고 뭔가를 사주기는 했다. 그 뒤부터 나는 그를 무시하고 야단치고, 심지어 심사가 꼬일 때는 거친 몸짓으로 곁에서 쫓아버릴 권리를 얻게 되었다. 그래도 그는 늘 내 주위에서 얼쩡거렸고, 여전히 아름답고 공손했으며, 갈색 눈으로 나를 슬프게 바라보았고, 반갑게 인사를 건넸고, 그러다 내가 꾸짖으면 앙상한 구릿빛 두 손을 체념적으로 힘없이 내렸다.

이른 시간이든 늦은 시간이든 그는 항상 주머니나 허리춤에 작은 상자나 깡통을 하나씩 지니고 다녔다. 내용물은 항상 바뀌었다. 어떤 때는 거대한 아틀라스나방이, 어떤 때는 나뭇잎과 똑같이 생긴 나뭇잎벌레가, 또 어떤 때는 황금풍뎅이나 전갈이 그 안에 들어 있었다. 내가 식당에서 나올 때도 그는 기둥 뒤에 숨어 있다가 불쑥 나왔다. 그는 내가 치약을 사는 상인과는 친척이었고, 내가 돈을 바꾸는 환전상과는 친구 사이였다. 그림자가 따로 없었다. 호수건 사원이건, 숲속이건 골목이건 할 것 없이 늘 나를 따라다녔다. 이른 아침 목욕을 하고 나오면 인사를 건넸고, 저녁 늦은 시각 당구장에서 나오면 피곤과 불만에 전 표정으로 로비에 서 있다가 품속에 아무 보물이나 숨긴 채 정중히 내게 고개를 숙이고는 조용히 기다리는 눈빛으로 나를 바라봤다.

나는 사람들이 북적거리는 거리에서도 멀리서 그를 알아보고는 얼른 도망쳤고, 그러다가도 어느 틈엔가 그가 다시 옆에 있는 것을 느끼고는 표정이 딱딱하게 굳어지는 데도 익숙해졌다. 산책을 나갈 때면 혹시 그가 몰래 숨어 있지 않나 싶어

골목골목을 의심스러운 눈으로 살피게 되었고, 어떤 때는 돈을 내지 않고 도망치는 사람처럼 남의 눈을 피해 몰래 호텔을 빠져나오기도 했다. 그가 꿈에 나온 것도 여러 번이었다. 그러다 보니 그가 저녁에 내 침대 밑에 숨어 있다가 나온다고 해도 결코 놀라지 않을 것 같았다.

이후로 그를 떠올리지 않고는 캔디를 생각할 수 없다. 그의 모습은 캔디의 어떤 야자수나 대나무, 사원, 코끼리보다 뇌리에 강하게 박혀 있다. 오래전 스리랑카를 떠나 벌써 여러 날 배를 타고 갈 때도 아침에 선실에서 갑판으로 올라갈 때면 혹시 문가나 기둥 뒤, 혹은 복도 어딘가에 빅터 휴즈가 숨어 있지 않을까 하는 불안하고 창피한 감정으로 주위를 두리번거리는 일이 종종 있었다.

— 1912년

나비
Der Schmetterling

은빛 언덕 위에서
붉은 눈 선명한
은빛 날개로
어딜 가려는 거니?

"충만한 기쁨 얻으러
오색찬란한 삶과 죽음으로 가지!"
오, 신이 내게 선사하려 한 게
그렇게 아름답고 짧은 생이었구나!

노랑나비
Posthörnchen

뱀눈나비
Braunauge

여름철 방랑의 전리품
Die Beute der sommerlichen Wanderungen

        화가 헤르만 라우텐슐라거는 한여름의
열기가 꺾인 어느 날 야생 생활로 햇볕에 그을리고 옷에 잔뜩
먼지가 묻은 채 집으로 돌아왔다. 고향 땅의 잘츠가세 골목과
시장 광장을 지날 때는 기쁨과 설렘이 가득했다. 그는 마찬가
지로 먼지를 뒤집어쓰고 황량하기 그지없는 집에 들어서자
커다란 양철 채집통부터 열었다. (…)

    상자 속에는 여름철 방랑의 전리품이 바늘에 꽂힌 채 누워
있었다. 새로 잡은 나비와 딱정벌레 수십 마리였다. 라우텐슐
라거는 하나씩 조심스럽게 바늘에서 뽑아 감정하듯이 이리저

리 돌려보더니 또 다른 작업을 위해 옆으로 제쳐두었다. 그때 화가의 날카로운 시선 속에 소년 같은 즐거움과 순진무구한 행복감이 떠올랐다. 고독하고 때로는 사악하기 그지없는 이런 인간에게는 도저히 상상할 수 없는 표정이었다. 게다가 냉소가 깃든 깡마른 얼굴에는 선량함과 감사함의 희미한 광채가 아침 빛처럼 흐르고 있었다.

어떤 종류의 예술을 하건 올바른 예술가에게는 누구나 필요하듯이, 라우텐슐라거도 불안하고 불만스런 인생 덤불을 헤쳐가는 내내 언제든 순간적으로나마 어린 시절의 나라로 돌아가는 그만의 길을 간직해왔다. 그 나라는 그를 비롯해 모든 이에게 아침의 찬란함과 모든 힘의 근원이 숨겨진 땅이자, 그 개인적으로는 늘 경건한 마음으로 들어설 수밖에 없던 세계였다. 그에게 기억의 열쇠로 그런 낙원의 문을 열어준

왕줄나비
Großer Eisvogel

것은 갓 잡은 나비 날개의 신비스런 천연색 광채와 황금빛으로 반짝거리는 딱정벌레 등판이었다. 이것들을 보고 있으면 어린 시절의 생생하고 고마운 감수성이 몇 시간씩 되살아나곤 했다.

그는 자신의 보물들을 자그마한 옆방으로 조심스럽게 날라 갔다. 이 방의 커다란 벽 찬장 두 개에는 그의 곤충 수집품이 전부 보관되어 있었고, 작업대 위에는 펼침용 판때기와 바늘 통, 작은 담요, 종이 띠, 핀셋, 가위, 벤진이 담긴 유리잔, 쪼그만 펜치, 그 밖에 착실한 곤충 수집가에게 어울릴 법한 다른 도구들이 가득 놓여 있었다.

그는 즉시 작업에 착수했다. 바늘에 꽂힌 딱정벌레들은 줄을 맞춰 수집 케이스에 집어넣었다. 하지만 나비는 인내심과 정성을 다해 판때기 위에 펼쳤다. 그러자 활짝 펼쳐진 신비스런 날개들이 그를 빤히 바라보는 듯했다. 갈색과 회색 바탕에 칙칙한 가루를 뿌려놓은 듯한 털 많은 나비, 수정 같은 혈관이 두드러지는 은은한 흰색 나비, 금속성 에나멜 광채를 내뿜는 강렬한 색상의 나비….

그의 눈엔 나비의 날개만큼 아름다운 것은 없었다. 그것은 감수성이 예민한 또 다른 사람들이 꽃이나 이끼, 또는 바다 수면의 색을 다른 어떤 시각적 향유보다 더 높이 치는 것과 같다. 어쨌든 그는 나비의 날개를 보고 있으면 수년 전부터 자신에게서 빠져나간 것이 순간적으로 다시 돌아오는 느낌이 들었다. 그것은 자연 대상에 대한 아이처럼 순수한 희열이자, 자연 대상을 사랑하고 정확히 이해하는 순간에나 발견할 수 있는 일체감과 창조의 예감이다.

— 〈작은 도시에서〉 중에서, 1917년

배버들나방
Kupfer Glucke

《데미안》중에서

Aus dem Demian

"나비 종류 중에 어떤 밤나방은 암컷이 수컷보다 훨씬 적어. 이 녀석들은 동물과 똑같이 번식해. 수컷이 암컷을 수정시키고, 그다음 암컷이 알을 낳지. 그런데 이건 연구자들에 의해 수차례 검증된 건데, 네가 이 나방의 암컷 한 마리를 갖고 있으면 밤중에 수컷 나방들이 떼 지어 몰려와. 그것도 몇 시간씩 떨어진 거리에서! 상상이 돼? 그렇게 멀리서 찾아온다는 게? 그러니까 수컷들은 몇 십 킬로미터 떨어진 거리에서도 암컷 한 마리를 감지한다는 거야. 사람들이 그것을 설명해보려고 하지만 쉽지 않아. 분명 탁월한 후각이나 그 비슷한 능력 덕분일 거야. 훌륭한 사냥개가 보이지 않는 흔적을 찾아 추격하는 것처럼 말이야. 이해하겠어? 자연엔 그런 일이 넘쳐나. 하지만 누구도 그것을 설명하지는 못해. 다만 난 이렇게 말하고 싶어. 그 나방 종에서 암컷이 수컷처럼 흔했다면 수컷은 결코 그렇게 예민한 코를 갖지 못했을 거라고! 수컷들이 그런 코를 가지게 된 건 스스로를 그렇게 단련시켰기 때문이야. 결국 동물이든 사람이든 온 신경과 의지를 어떤 특정한 것에 집중하면 그것에 도달할 수 있어."

— 1917년

쥐방울나비
Osterluzeifalter

늦여름의 나비들

Schmetterlinge im Spätsommer

많은 나비들의 시간이 찾아왔다.

늦게 핀 풀협죽도 향기 속에 나비들이

말없이 창공을 헤엄쳐 와 너울너울 춤을 추는구나.

장군나비, 들신선나비, 산호랑나비,

은줄표범나비, 은점표범나비,

수줍은 꼬리박각시, 붉은 밤나방,

신선나비, 작은멋쟁이나비.

색상과 모피, 융단으로 멋지게 치장하고

보석 같은 빛을 반짝이며 둥실둥실 오는구나,

화려하고 슬프고 침묵하고 마비된 듯,

가라앉은 동화의 세계에서 나온 듯,

아직 꿀물에 젖은 여기 이 이방인들,

낙원의 목가적인 초원에서 온,

동방에서 온 단명의 손님들,

우리가 꿈속에서 보고, 그 영적 메시지를

고결한 현존재의 아리따운 보증이라 믿는
그 잃어버린 고향에서 온 손님들.
모든 아름다운 것과 덧없는 것의 상징들,
한없이 부드럽고 충일한 것의 상징들,
연로한 여름 왕의 축제에 참석한
우수에 젖고 황금으로 장식한 손님들!

작은불나비
Kleiner Feurvogel

마다가스카르에서 온 나비

Ein Falter aus Madagaskar

나비 한 마리가 있었다. 정말 수려하고 비
범하며 신비로운 선물 같은 나비였다. 고요한 시간에 이것을
꺼내 황홀하게 관찰하노라면 누구든 반하고 사랑할 수밖에
없을 듯하다. 나는 이것을 꺼내 들고 창가로 가 앉았다.

유리 아래 예쁘게 누워 있는 이국의 멋진 나비였다. '우라니
아'라는 아름다운 이름까지 얻은 이 나비는 마다가스카르에
서 날아왔다. 범선처럼 생긴 늘씬하고 힘찬 날개에다 아랫날
개에 톱니 장치가 풍성하게 달린 이 아름다운 몸매의 나비가
어느 날 나뭇가지에 사뿐사뿐 내려앉았다.

위쪽 몸통에는 녹색과 검은색 줄무늬가 있고, 아래쪽 몸통에는 적갈색의 털이 나 있으며, 작은 머리는 황록색으로 반짝거렸다. 윗날개에는 녹색과 검은색 무늬가 있었다. 게다가 앞면은 화려하면서도 따스한 금빛을 발하는 초록색인 반면, 뒷면은 아주 서늘하면서도 은빛이 배어나는 부드러운 셀라도나이트 초록색이었다. 이 초록색 속에 수정 같은 실핏줄이 고상하게 어른거렸다. 반면에 환상적인 톱니 장치가 달린 아랫날개에는 초록과 검은색 무늬 외에 깊은 황금빛을 발하는 널찍한 영역이 있었다. 이 황금빛은 밝은 데서는 적동색이나 진홍색으로까지 보였고, 새까만 점들로 익살스러운 느낌을 더했다.

날개 맨 아래쪽에는 부인 옷처럼 금빛과 검은색이 섞인 세련되고 짧은 모피 솔기가 달려 있었다. 게다가 아랫날개에는 또 하나의 특별한 유희와 특징이 있었다. 몽환적인 짧은 지그재그선이 날개를 관통하고 있던 것이다. 순백의 선은 날개 전체를 해체해 공기와 황금 먼지의 느슨한 유희로 만들었고, 환상적인 톱니를 빛줄기처럼 힘차게 자신에게서 떼미는 듯했다.

마다가스카르의 나비, 초록과 검정, 황금빛으로 이루어진 이 가벼운 아프리카의 꿈과도 같은 나비보다 더 화려하고 비

장군나비
Admiral

밀스럽고 사랑스러운 것은 이 도시의 어떤 크리스마스 파티석
상에서도 발견할 수 없을 것이다. 이 나비에게 돌아가는 것은
하나의 기쁨이었고, 그 모습에 빠지는 것은 하나의 축제였다.

나는 몸을 숙인 채 마다가스카르 나비를 한참 동안 들여다
보며 완전히 매료됐다. 이 나비는 내게 많은 기억을 불러일으
켰고 많은 것을 일깨웠고 많은 이야기를 들려줬다. 또한 그 자
체로 미의 화신이자 행복의 상징이며 예술의 비유였다. 나비
의 형태는 죽음에 대한 승리였고, 유희적 색채는 덧없음에 관
한 우월한 미소였다. 그것도 다각적인 면의 탁월한 미소였다.
많은 종류의 미소를 담은 유리 밑의 나비 표본은 때론 어린애
같고, 때론 태고의 지혜를 간직한 듯하고, 때론 전투적으로 보
이고, 때론 고통스럽게 조롱하는 듯했다.

이렇듯 아름다움은 늘 웃는다. 삶이 지속의 형태로 흘러가는 것처럼 보이면서 영원한 미의 표본이 된 모든 형체는 미소 짓는다. 꽃이건 동물이건, 이집트의 미라건 천재의 데스마스크이건. 이 미소는 우월하고 영원하다. 사람이 거기에 빠지면 미소도 갑자기 유령처럼 거칠고 무시무시해진다. 미소는 아름다우면서 잔인하고, 부드러우면서 위험하고, 지극히 이성적이면서 야만적으로 미쳐 날뛴다. 삶이 한순간 완벽하게 형성된 것처럼 보이는 곳이라면 어디서건 미소는 이러한 모순적인 측면을 보인다. 어떤 고상한 음악도 때론 어린아이의 미소 같다가도 극심한 죽음의 슬픔을 풍긴다.

미는 언제 어디서건 혼돈이 모습을 숨긴 채 도사리고 있는 우아한 수면과 같다. 행복도 언제 어디서건 찬란하게 빛날 때 벌써 죽을 수밖에 없는 운명의 입김에 쐬어 창백해지는 황홀한 순간과 같다. 고귀한 예술도, 선택된 자들의 고귀한 지혜도 언제 어디서건 파멸의 나락을 아는 미소요, 고통의 긍정이요, 모순들의 영원한 사투 위에서 벌어지는 조화로운 유희다.

황금빛 광채에서는 빛바랜 보랏빛이 달콤하게 어른거렸고, 날개의 실핏줄 위로는 암녹색 무늬가 뚜렷이 펼쳐졌으며, 늘

씬한 천연색 톱니는 놀이하듯 빛 화살을 쏘고 있었다. 너 우아한 손님이자 황홀한 이방인이여! 오직 내 겨울밤을 색채의 꿈으로 채워주려고 그 먼 길 마다않고 마다가스카르에서 이리 날아왔더냐? 오직 모순의 조화로운 통일에 대한 지혜의 옛 노래를 내게 불러주려고 영원한 어머니 자연의 거대한 총천연색 세계를 떠나 이리로 도망쳐 왔더냐? 내가 잘 알고 있으면서도 그렇게 자주 잊어버린 것들을 다시 일깨워주려고 달려왔더냐? 오직 병든 남자의 고독한 시간을 너의 번뜩이는 유희로 매료시키고, 네 고요한 꿈으로 위로하려고 참을성 많은 인간의 손에 이렇게 깔끔하게 표본을 맡기고 네 가지에 단단히 붙어 있는 것이더냐? 너의 영구한 고통과 죽음으로 우리에게 위안을 주려고 죽어서 저기 유리판 아래에 누워 있는 것이더냐? 인내할 줄 아는 진정한 예술가의 영원한 고통과 죽음이 절망으로 우리의 영혼을 후벼 파는 대신 기묘하게도 우리에게 사랑스럽고 위안이 되는 것처럼?

반짝이는 금빛 날개 위로 좀 더 창백해진 석양빛이 얹히면서 불그스름한 황금색도 차츰 그 빛을 잃었고, 곧 색채의 마력은 어둠에 집어삼킨 채 더는 보이지 않았다. 그럼에도 그 마력은 영원의 놀이를 계속해나갔다. 아름다움을 지속시키려는 대담한 예술 놀이였다. 내 영혼 속에서는 노래가 계속 울려 퍼졌고, 생각 속에서는 색채의 빛이 살아서 춤을 추었다.

　마다가스카르에서 온 가련하고 아름다운 나비의 죽음은 결코 헛되지 않았다. 날개와 더듬이, 그리고 우단 같은 털가죽 몸통이가 떨리는 손에 의해 깨끗이 표본 처리되어 불멸의 존재로 남은 것도 결코 헛되지 않았다. 미라가 된 이 파라오는 앞으로도 오랫동안 내게 자신의 햇빛 찬란했던 제국 이야기를 들려줄 것이다. 훗날 이 미라가 산산이 흩어지고 나 역시 오래전에 소멸된 뒤라 해도 어디에선가 복된 놀이와 지혜로운 미소의 흔적은 한 영혼 속에 다시 피어나 계속 대물림될 것이다. 마치 투탕카멘의 황금이 오늘날에도 변함없이 반짝거리고 구세주의 피가 지금도 흐르고 있듯이.

―〈성탄절 뒤〉 중에서, 1928년

밤나방
Ein Nachtfalter

　　방에 돌아와 불을 켜자 큼직한 그림자 하나가 방 안을 휙 날아간다. 밤나방 한 마리가 가벼운 날갯짓으로 불빛이 쏟아지는 녹색 유리 전등갓으로 두둥실 떠간다.

　　녀석은 환한 빛을 받으며 녹색 갓 위에 내려앉아 길쭉한 날개를 접더니 잔털이 무성한 더듬이를 파르르 떤다. 작고 검은 눈은 축축한 역청 방울처럼 반짝거리고, 접은 날개 위에는 대리석 같은 많은 실무늬가 흐른다. 칙칙하고 부서지고 짓눌린 색들, 갈색과 회색, 시들어가는 나뭇잎 같은 여러 색조가 하나로 어우러져 우단처럼 부드러운 분위기를 자아낸다. 내가 만일 일본인이었다면 조상 대대로 이 색깔과 혼색들에 대해 정확한 명칭을 물려받아 그 이름들을 부를 수 있었을 것이다. 그러나 그것으로도 할 수 있는 일은 많지 않다. 스케치와 그림, 숙고와 글쓰기로도 할 수 있는 것이 많지 않듯이.

나방 날개 위의 적갈색, 보라색, 회색 표면에는 창조의 비밀이, 창조의 온갖 마력과 온갖 저주가 오롯이 녹아 있다. 그 비밀이 수천의 얼굴로 우리를 바라보고, 우리를 올려다보고는 다시 사라진다. 그중 어떤 것도 우리는 붙잡을 수 없다.

—⟨여름과 가을 사이⟩ 중에서, 1930년

벗단밤나방
Garbenspinner

모래 속에 써놓은 것
In Sand geschrieben

아름답고 매혹적인 것은
한순간의 숨결이자 전율일 뿐,
값지고 황홀한 것은
지속되지 않는 아리따움일 뿐,
구름, 꽃, 비눗방울,
불꽃놀이, 아이들 웃음,
거울을 들여다보는 여자의 시선,
그리고 다른 많은 놀라운 것들이
발견되자마자 덧없이 사라진다.
그저 순간의 지속일 뿐,
그저 한 줄기 향기와 스쳐가는 바람일 뿐,
아, 우리는 그 사실을 슬픔으로 안다.
지속적인 것, 변하지 않는 것은
우리 마음에 그리 귀하게 다가오지 않는다.
서늘한 불꽃을 품은 보석,

묵직한 광채를 내뿜는 금괴,
심지어 셀 수 없는 별까지
우리에게는 멀고 낯설다. 그것들은
우리 덧없는 존재들과 닮지 않았고
우리 마음속 깊이 와닿지 않는다.
그렇다, 정말 우리 마음속 깊이 아름다운 것,
사랑할 가치가 있는 것은 모두 썩어가고
끊임없이 죽음으로 한 발짝씩 다가가는 것들이다.
지극히 값진 것들은
생성되자마자 급히 발걸음을 재촉하며
흩어지는 음악 소리처럼 그저 스쳐가는 바람이요,
흘러가는 강물이요, 시간에 쫓겨가는 것일 뿐이다,
나직한 슬픔에 휩싸여.
왜냐하면 그것들은 심장이 지속적으로 뛰는 중에도
결코 멈추지 않고 사라지지 않기 때문이다.
소리는 울리자마자

벌써 사라지고 흩어진다.
이렇듯 우리의 가슴은 덧없이 지나가는 것에
흘러가는 것에, 살아 있는 것에
형제애를 느끼고 오롯이 마음을 빼앗긴다.
지속적이고 확고한 것이 아닌.
우리는 바위, 별, 보석 같은
불변의 것엔 곧 싫증을 느낀다.
영구한 변화 속에 휘둘리는
바람 같은 우리 영혼과 비눗방울 영혼에게는,
시간과 혼인하고 항구적이지 않은 우리 존재들에게는,
장미 잎의 이슬이,
달콤한 새의 구애가,
떴다 지는 구름이,
반짝거리는 눈송이와 무지개가,
후딱 날아가버린 나비가,
이내 사라지는 미소가

우리 곁을 스치고 지나가는 순간
축제가 되거나
고통을 줄 수 있다. 우리는
우리를 닮은 것들을 사랑하고, 바람이
모래 속에 써놓은 것을 이해한다.

검은테주홍부전나비
Dukatenfalter

신선나비
Der Trauermantel

      내 집 테라스의 한 화강암 기둥에 올해는 꽃을 피운 지 벌써 한참 지난 장미 줄기가 높이 자라 있다. 그 발치에는 야생의 크로코스미아와 나이 많은 터번백합이 풍성히 피어 있는데, 아마 일주일 안에 첫 꽃망울을 터뜨릴 듯하다. 이 초록빛 잎사귀 근처에서 나는 잠시 햇빛에 눈먼 상태로 뭔가 시커먼 것이 서서히 소리 없이 그림자처럼 떠오르는 것을 보았다. 새가 아니라 나비였다. 그것도 이 지역에서는 그사이 무척 보기 힘들어진 신선나비였다. 내가 직접 본 것도 대충 삼사 년은 된 듯했다. 껍질을 벗고 나온 지 오래되지 않은 크고 아름다운 나비였다. 녀석은 내 눈 주위에서 짙은 날개를 펼

럭거렸고, 내게서 잠시 멀어지는가 싶더니 다시 돌아와 냄새
를 맡고는 주위를 맴돌다 내 왼손에 내려앉았다. 나비는 한동
안 가만히 앉아서 날개를 접었다. 날개 아래쪽은 흐릿한 검댕
색과 잿빛을 띠고 있었다.

　녀석이 다시 날개를 펼치는 순간 깊은 갈색이 섞인 보라색
이 비단결처럼 드러났다. 가장자리엔 환한 노란색 줄무늬가
있고, 진귀한 파란색 점들이 박혀 있었다. 이 점들은 밝은 색
가장자리와 콜타르로 재현한 듯한 짙은 색 사이에서 귀족스
럽고 은은해 보였다. 이 아름다운 나비는 차분한 호흡의 리듬
속에서 비단결 같은 날개를 천천히 접었다 폈고, 얇디얇은 여
섯 개 다리로 내 손등을 꽉 움켜쥐었다. 그러다 잠시 후 내가
놓는 것도 느끼지 못하는 사이에 뜨겁고 환한 대기 속으로 가
뿐하게 떠올라 가버렸다.

—《일기집》중에서, 1955년

신선나비
Trauermantel

삼월의 태양
Märzsonne

이른 열기에 취해
노랑나비 한 마리가 비틀거리고,
창가에는 노인이 앉아
꾸벅거리며 졸고 있구나.

언젠가 봄 잎들 사이로
노래하며 나온 그대,
수많은 거리의 먼지가
털에 잔뜩 묻어 있구나.

꽃 피는 나무,
나이가 비켜간 듯한 노랑나비,
지금도 예전과
변함없어 보이누나.

그러나 색과 향은 갈수록
바래고 옅어지고,
빛은 점점 서늘해지고, 공기는
점점 호흡하기 갑갑하고 무거워지누나.

벌처럼 나직이 왱왱거리는 봄,
그 노랫소리 사랑스럽구나.
하늘은 푸르고 희게 흔들리고
나비는 황금빛 날개 휘날리며 훨훨 날아가누나.

사프란노란나비
Postillion

늦여름

Spätsommer

여전히 늦여름은 하루하루 달콤한 온기를
선사하고, 꽃부리 위에서는
여기저기 지친 날갯짓을 하며 둥둥 떠 있는
나비 한 마리가 비단 같은 황금빛으로 반짝거린다.

저녁과 아침은 여직 미지근한 온기를 품은
옅은 안개의 물기를 들이마시고,
뽕나무에서는 갑작스런 불빛과 함께 꽃잎 한 장이
부드러운 창공으로 노랗고 커다랗게 날아간다.

햇볕 따스한 바위 위에서는 도마뱀이 쉬고,
나뭇잎 그늘 속에서는 포도송이가 숨어 있다.
세계는 잠에 취해 꿈에 취해 마법에 걸린 듯 누워
자신을 깨우라 네게 경고한다.

이따금 음악이 몇 박자 흔들리듯 울린다.
황금빛 영원으로 굳어진 채,
그러다 다시 정신을 차리고 마력에서 벗어나
성장의 용기와 현재로 되돌아온다.

우리 노인들은 가지 시렁에 서서 수확을 하고
햇볕 그을린 손을 따뜻하게 데운다.
아직 날은 미소 짓고, 아직 낮은 끝나지 않았다.
'지금 여기'가 아직 우리를 안고 기분 좋게 어루만진다.

멧노랑나비
Zitronenfalter

엮은이의 말

폴커 미헬스[*]

    인간의 기억이 닿는 시절부터 나비는 수많은 민족의 판타지뿐 아니라 예술가, 철학자, 과학자까지도 뿌리칠 수 없는 매력으로 사로잡았다. 기원전 1500년 파라오 무덤의 벽화나 기원전 1300년 미케네 제후들의 무덤에서 발견된 황금 나비 장신구가 그 증거다.

    전해오는 이야기에 따르면 석가모니(기원전 563~483년)조차

---

[*] 독일 유수의 출판사 주어캄프의 편집 고문.
그는 헤세의 작품을 테마별로 정리하고 작품에 대한 자료 및 유고와 서간을 모아 책으로 펴내는 등 헤세 연구에 관해 손꼽히는 권위자이다.

마지막 설법에서 고향의 나비들을 깊은 존경심으로 언급했다고 한다. "그대 내 스승이여, 나는 그대들에게 감사한다. 브라만의 경전보다 그대들에게 더 많은 것을 배웠으니." 그리스인들에게 나비는 영혼의 현신인 동시에 영혼 불멸의 상징이었다. 학계에서는 오늘날에도 기원전 그리스 사람들이 죽은 자의 영혼으로 숭배한 특정 밤나방 종을 '프시키다에Psychidae'(우리나라에서는 이 나비를 주머니나방이라 부른다), 즉 '영혼을 품은 자'라고 부른다. 아리스토텔레스(기원전 384~322년)는 나비의 변태, 다시 말해 나비가 알에서 애벌레, 번데기 단계를 거쳐 날개 달린 성충으로 성장하고 변화하는 과정을 처음 기술했다. 그 뒤부터 문화사에서 나비는 죽음 및 부활과의 관련성을 상실하고 우아함과 사랑의 상징으로 자리 잡았으며, 그런 연유로 이후에는 에로스와 아프로디테(그리스신화), 아모르와 프시케(로마신화)와 새롭게 관련을 맺게 됐다.

그사이 나비에 대한 우리의 지식은 끊임없이 쌓여왔다. 나비의 계통발생학도 2억 7천만 년 전 고생대 페름기의 첫 화석 발견에서부터 12만 종 이상의 세밀한 분류에 이르기까지 무한히 발전해왔다. 나비 종이 이렇게 다양하고, 그린란드와 남미의 최남단에 이르기까지 전 지구에 분포할 수 있었던 것은 온갖 기후 환경에 대한 탁월한 적응력 덕분이다. (북극의 툰드라 지역뿐 아니라 열대 사막과 원시림에도 나비가 산다. 심지어 몇몇 종의 알은 영하 80도에서 영상 60도까지 견뎌낸다고 한다.)

세기가 거듭될수록 생물학자들의 나비 목록은 점점 완벽해졌고, 속, 과, 목, 아목에 이르는 생물 분류 체계도 새로워지고 세분화되면서 이전의 것들을 대체해나갔다. 그와 함께 나비를 모사하는 기술도 점점 정교해졌다. 나비 윤곽을 엉성하게 그리던 목판화는 사랑스럽고 정밀한 동판화로 바뀌었고, 사실적 사진술은 고도의 해상도를 갖춘 전자현미경으로 발전했다.

우리는 나비 색과 무늬의 무한한 다양성과 광채에 감동받는데, 이젠 그 감동의 근거도 설명할 수 있게 됐다. 오늘날에는 원인과 기능을 다루는 지식이 목적 없는 미의 영역에도 분석의 손길을 뻗치기 때문이다. 우리는 나비를 현미경으로 관찰함으로써 그 색과 무늬가 날개의 투명한 막을 기와처럼 촘촘히 덮은 수십만 개의 미세한 각질로 이루어져 있는 모자이크라는 사실을 알게 됐다. 또한 노란색과 빨간색, 갈색, 검정색 톤만이 고유 색소에서 기원한 것일 뿐 나머지 거의 모든 색채는 각질의 상이한 표면 때문에 생긴다는 사실도 안다. 그러

헤세가 그린
꽃과 나비 그림

니까 빛이 각질의 미세 구조에 굴절되어 간섭색의 형태로 나타난 것이다. 그중 많은 색이 자외선 영역에 속해 있어서 인간의 눈으로는 구분이 안 된다.

반면에 나비나 다른 곤충의 겹눈은 비할 바 없이 강렬하고 다채로운 스펙트럼도 식별할 수 있다. 죽은 뒤에도 간혹 수십 년 동안 색의 광채를 거의 잃지 않는 나비 색의 놀라운 보존력도 오늘날 우리에게 더는 수수께끼가 아니다. 색은 나비로 살기 이전에 이미 각질의 키틴질 속에 저장되고, 그래서 유기적 조직의 몰락과는 무관하기 때문이다. 그 밖에 날개 조직의 피부 세포가 번데기 단계에서 각질의 무생물적 부위에 색소를 농축시킨다는 사실도 연구 결과 밝혀졌다. 날개에 어떤 색깔 무늬가 나타날 것인지는 기온과 관련이 깊다. 예를 들어 눈 모양의 무늬는 드물지 않게 따뜻할 때나 우기가 시작될 때에야 형성된다. 반면에 날이 좀 더 서늘해지면 위장색이 나타난다.

그사이 우리는 색과 무늬의 낭비에 가까운 풍성함과 마찬가지로 그 기능에 대해서도 잘 알고 있다. 그러니까 그것들은 이성을 인지하고 유혹하는 수단인 동시에 종족 보존을 위해 위험으로부터 자신을 지키는 경고신호요, 위장이라는 것이다.

나비는 특이한 색과 무늬로 천적의 관심을 날개로 돌려 부서지기 쉬운 자신의 몸을 보호한다. 이유는 단 하나다. 나비는 지루하기 짝이 없는 변태 과정에 비하면 놀랄 만큼 짧은, 오직 번식에만 초점을 맞춘 마지막 성장 단계이기 때문이다.

움직이지 않고 볼품없는 알은 따스한 햇볕에 부화되어 애벌레로 성장한다. 굼뜨고 게걸스럽기만 할 뿐 아름다움과는 별 상관이 없어 보이는 이 애벌레는 번식에 대한 걱정 없이 오직 배만 채우고 적으로부터 몸뚱이만 지키면 된다. 그러다 다시 겉으로는 전혀 움직임이 없고 단단한 껍질로 무장한 별 볼일 없는 번데기 상태로 복귀하고, 거기서 마침내 성체, 즉 나비가 나온다. 무사히 버텨낸 성장기의 어떤 단계에서도 볼 수 없던 가볍고 민첩하며 우아한 자태의 나비가.

애벌레 때 그들만의 특별한 식물을 수십 킬로그램씩 먹어치우고, 몇 번의 탈피 과정을 거쳐 몸의 부피를 먹이 섭취 결과에 적응시키고 나면 성체가 되어서 아무것도 먹지 않고 살아갈 수 있는 종이 여럿 있다. 저장된 에너지를 오직 사랑놀이와 번식, 식물의 꽃가루받이에만 쏟으면서 말이다. 하지만 대부분의 나비는 성체가 된 뒤에도 추가적으로 양분을 섭취해야 한다. 그래서 가끔 몸통 길이의 두 배에 이르는, 시계태엽처럼 돌돌 말린 주둥이로 생명 유지에 필요한 양분을 꽃과 나무, 과일의 즙에서 빨아들인다. 심지어 동물성 물질을 섭취하는 경우도 있다. 하지만 어떤 경우든 그전에 성장 단계에서 필요로 했던 양에 비하면 정말 비교가 안 될 정도로 적다.

나비는 겉으론 자신의 종족 보존에만 열중하는 것처럼 보이지만 먹이 식물의 번식에도 크게 기여하고, 그로써 자연의 생태적 순환에서 날개 달린 거의 모든 곤충들이 맡은 생물학적 임무를 다한다. 나비는 꽃의 향기와 색에 유혹되어 수술의 꽃가루를 암술머리에 옮김으로써 새로운 식물 세대의 생성을 가능케 하고, 그와 동시에 자기 후손들의 생존도 보장한다.

나비의 몸은 주변 환경의 색과 무늬, 냄새를 세밀하게 구분할 만큼 예민하다. 이런 예민함은 나비가 내부 메시지를 외부로 송출하는 면에서도 마찬가지다. 이는 초음파 영역의 고주파 신호를 수신하고 송신하는 능력에도 해당된다.

대부분의 곤충과는 달리 나비는 겉으로 보기에 꽃과 무척 닮은 듯하다. 연약하면서도 견고한 날개만 꽃잎의 특성을 떠올리게 하는 것이 아니라 날개의 크기와 색상도 주변 식물대와 밀접한 연관이 있다. 예를 들어 열대 지방에 서식하는 나비의 날개는 온대 지방의 나비들보다 크고 화려하다. (나비의 날개 길이는 몇 밀리미터밖에 안 되는 꼬마굴나방에서부터 지름이 무려 30센티미터에 이르는 열대 나비에 이르기까지 천차만별이다.)

나비 날개가 커지는 과정도 꽃잎이 꽃봉오리에서 커지는 과정을 떠올리게 한다. 그러니까 번데기 껍질이 부서지면서 원통형의 몸 주위에 얇디얇은 날개 조직이 나기 시작하는가 싶더니 순식간에 그 다섯 배까지 커진다. 꽃과 비슷하게 나비도 춥고 어두운 계절을 이겨내고 자연의 재생을 알리는 봄의 전령으로 통한다.

그 밖에 꽃과 나비 사이에는 또 하나의 공통점이 있다. 해가 뜨면 벌어졌다가 해가 지면 오므리는 꽃잎과 마찬가지로 주행성 나비도 새벽녘에 밤의 냉습한 상태를 벗어던지고 생명을 불어넣는 햇빛과 온기 쪽으로 날개를 뻗는다. 또한 꽃도 그렇지만 나비 날개도 태양으로 향한 측면에만 이성을 유혹하는 신호들이 장착되어 있고, 접힌 아래쪽은 전혀 다른 종으로 보일 정도로 보잘것없다. 이 부분의 기능은 이성에 대한 유혹이 아니라 적으로부터의 보호와 위장이기 때문이다. 어쨌든 나비는 이런 비교적 매력 없는 상태에서 잠을 자고 겨울을 난다.

나비의 색과 무늬는 꽃과 마찬가지로 쉽게 손상되고 세월에 무상하지만 꽃처럼 한 곳에 매어 있지 않고 대지와 하늘 사이를 무중력 상태로 두둥실 떠다니기에 예부터 그 화려함과 다양성은 더더욱 예술가들의 상상력과 형상화 충동을 자극해왔다. 시인들은 나비를 "날개 달린 꽃"이라 부르며 정신적 친밀감에 뿌리를 둔 특별한 관심과 호감을 표했다. 효율성과 정착성을 추구하는 이 세상 한가운데에서 나비는 모든 시대에 경탄과 부러움을 받으면서도, 다른 한편으론 어디에도 구속되지 않은 그 자유로움은 경박함으로, 아름다움에 대한 감각은 엘리트적 무책임성으로 의심받는 수상쩍은 아웃사이더였다. 이는 예술의 존재 양태와도 닮았다. 그래서 예술가와 나비의 이런 공통점은 장자에서 카툴루스까지, 뫼리케에서 안데르센까지 수많은 문학 작품에 반복적으로 등장해왔다. 특히 안데르센은 동화 속 나비를 영원하고 불안한 자유인으로 내세우며 한 곳에 정착하고 구속될 수밖에 없는 여성들의 세계에 타당한 도발을 시도한다. 한 시민 가정의 거실에서 바늘에 꽂혀 화분 옆에 놓인 나비는 이렇게 독백한다. "이제 나도 꽃처럼 한 줄기에 정착하는구나. 기분이 좋지 않지만, 사람들이 결혼하면 대략 이처럼 한 곳에 붙들어 매이겠지."

시인 헬무트 폰 쿠베는《동물 스케치북》에서 나비를 예로 들어 비사회적인 것처럼 보이는 것들의 유용성을 다음과 같이 썼다. "벌들은 부지런히 왱왱거리고, 개미들은 열심히 뛰어다니며 무언가를 끌고 다니고…, 딱정벌레는 중요한 일을 하는 것처럼 기어다니고, 벌레들은 무슨 큰 목적이 있는 것처럼 땅을 파고 굴을 만든다. 반면에 나비는 하는 일이 없다. 그저 어딘가에서 두둥실 춤을 추며 와서 어딘가로 두둥실 춤을 추며 가고, 몸을 까딱거리며 쉬면서 꿀을 빨다가는 살랑거리는 바람에 몸을 맡겨 살며시 떠올랐다가 다시 장난기 어린 가벼운 날갯짓으로 어딘가에 내려앉는다. 마치 공기처럼, 찰나처럼, 신이 원한 것처럼…. 고슴도치는 쥐와 살무사를 잡아먹는다. 대단한 녀석이다. 소는 뿔에서 발굽까지, 젖에서 분뇨까지 버리는 것이 없다. 얼마나 귀한 동물인가! 그러나 나비는 이 꽃에서 저 꽃으로 날아다니기만 할 뿐 꿀을 모으지 않는다. 한마디로 게으름뱅이 방랑자다.

지구는 산맥과 코끼리, 철과 납으로 거대하고 육중하다. (…) 그러나 나비 없이는, 민들레 없이는 버틸 수 없을 것이다.

(…) 나비 한 마리가 지구의 무게를 상쇄한다. 나비를 보고 있노라면 모든 무거움과 물질이 무화된다."

20세기 독일 작가들 중에서 헤르만 헤세만큼 나비와 직접적인 유대를 표시한 작가는 아마 없을 것이다. 나비는 짧은 삶과 아름다운 것의 덧없음, 거기다 단계적인 탈바꿈에 대한 상징으로서 헤세의 소설과 시, 에세이, 또는 제목만 보면 나비와 전혀 상관없을 것 같은 글(이 책의 몇몇 꼭지가 그 예이다)에 빠지지 않고 등장한다. 1926년 1월의 한 편지에서 그는 이렇게 쓴다. "나는 나비를 비롯해 다른 덧없는 아름다운 것들과 항상 유대감을 느꼈다. 반면 지속적이고 고정된 관계, 이른바 확고한 구속은 나를 행복하게 한 적이 없다."(그가 자신의 두 번의 결혼을 돌아보며 한 말인데, 우정에 대해서는 정반대 입장이었다.)

헤세의 머릿속에 저장된 가장 오래된 기억은 다섯 살 때로 거슬러 올라간다. 당시 그는 부모와 함께 바젤의 뮐러베크가 26번지에 살았다. "슈팔렌링베크가 건너편… 상당히 한갓지고 초라한 교외였지만 우리 같은 아이들에게는 끝없이 새로운 발견과 모험이 펼쳐지는 낙원이자 원시림이었다. 그 영토는 우리 집 바로 근처에서 시작되었다. (…) 나 같은 아이에게

헤세는 자연 속에 있는
자신의 모습을
유쾌하게 표현하곤 했다.

는 무한히 넓고 폭신한 매트리스였고, 아직 사격클럽하우스에서 노이바트까지 건물이 들어서지 않았던 그 초원은 내 나비 사냥터였다."

열아홉 살의 헤세는 첫 번째 자서전 《헤르만 라우셔Hermann Lauscher》의 한 꼭지 〈나의 유년 시절〉에서 다섯 살 때 그가 감탄해 마지않던 공기처럼 가벼운 그 생물에 대한 숨 막히고 가슴 뛰는 환희를 묘사했다. 그것도 "어떤 시대 어떤 초원도 그런 놀라운 나비와 방울새풀을 만들어내지는 못했을 거라는 특별한 확신"으로. "아침이 밝으면 나는 머리 뒤로 팔베개를 하고 풀밭에 누워 햇빛으로 반짝거리는 풀들의 물결치는 바다를 물끄러미 바라보곤 했다." 그때가 "분리의 세계"에서 도망쳐 "하나 됨의 세계"로 들어선 첫 순간이었다. "하나의 사물과 피조물이 다른 존재에게 내가 바로 너"라고 말하는 세계였다. 그때의 초원과 나비는 이 첫 경험의 선명함과 함께 만 생명에 대한 원초적 이미지로서, 지울 수 없는 기억흔적으로서, 스러지지 않는 것들의 화신으로서 그의 뇌리에 깊숙이 박혔다. 여기서 스러지지 않는 것들의 "세속적 비유"가 바로 나비였다.

헤세는 다섯 살의 그런 순진하고 이기적이지 않은 감탄의 시기를 보내고 아홉 살이나 열 살이 되었을 때 그 감탄의 대상을 쫓아가 붙잡고 싶은 충동을 느꼈다. 그것은 "아이들만이 느낄 수 있는 무지막지하게 탐욕스런 황홀감"이었다. 하지만 그 시기엔 정작 잡게 되면 죽은 노획물에는 별로 주의를 기울이지 않았고, 깨끗한 표본으로 만들 생각도 하지 않았다. 만일 이 책에 실린 '공작나비' 이야기가 헤세의 실제 체험이 맞다면 나비를 사냥하고 소유하려는 그의 열정은 아홉 살에서 열두 살 사이에 첫 절정을 맞았다. 어린 헤세가 다른 일은 모두 잊거나 게을리 할 정도로 그 일에 푹 빠진 바람에 부모가 급기야 나비 채집을 금지하는 상황에까지 이르렀던 것이다. "나비를 잡으러 다닐 때는 등교 시간이나 점심시간을 알리는 시계탑 종소리도 들리지 않을 정도였으니까. 채집통에 빵 하나만 달랑 챙겨 넣고 이른 아침부터 밤까지 밖으로 돌아다닐 때도 많았네. 밥을 먹으러 집에 들르지도 않고 말일세."

그러나 이 열정은 시작할 때만큼이나 격렬하게 끝을 맺고 말았다. 헤세는 과거를 회고하며 이렇게 쓴다. "내가 이름만 알 뿐 내 수집 상자에는 아직 빠져 있던 나비들 가운데 정말 공작나비만큼 열렬하게 갖고 싶던 것은 없었네." 그런데 그렇게 원했던 나비를 손에 넣는 행운은 하필 그가 별로 좋아하지

꽃을 가꾸는
자신의 모습을 그린 헤세

않던 이웃의 한 친구에게 돌아갔다. 소년 헤세는 그 희귀종을 직접 보겠다는 불타는 호기심에 자존심을 버리고 친구를 찾아갔고, 얼떨결에 도둑질까지 하게 됐다. 그런데 도둑질을 완수하기 직전에 스스로도 깜짝 놀라고 어이없어 하면서 자기가 지금 무슨 짓을 하고 있는지 깨달았고, 붙잡힐지 모른다는 두려움으로 주머니 속에서 공작나방의 날개를 파손하는 일이 일어났다. 도둑질을 했다는 느낌보다 더 괴로웠던 것은 이 망가진 나비를 보는 일이었다. 그래서 이것을 "다시 원래대로 돌려놓을 수만 있다면" 자신의 "재산 전부와 즐거움"을 남김없이 내줄 수 있을 것 같았다. 그가 마침내 마음의 갈등을 이겨내고 나비의 소유자, 즉 모든 점에서 흠 하나 없는 모범생이어서 어린 헤세가 경탄과 부러움이 섞인 감정으로 미워했던 그 친구를 찾아가 자신의 소행을 고백하고, 보상으로 가장 아끼는 장난감, 즉 자신이 수집한 나비를 전부 주겠다고 약속했음에도 사태 해결에는 별 도움이 되지 않았다. 오히려 돌아온 것은 친구의 오만에 찬 경멸이었다. 결국 헤세는 친구의 모멸에 대한 분노와 스스로에 대한 환멸로 자기 통제력을 잃고 사랑하는 나비들을 한 마리 한 마리 모두 손으로 짓이겨버린다.

당시 이 사건의 목격자였던 사람의 편지가 발견되면서 자

전적 형식으로 전해져오는 헤세의 이런 이야기들 속에 존재하는 문학적 허구와 사실 사이의 관계를 밝혀줄 유익한 단초가 마련됐다. 1952년 5월 31일의 한 편지(수신인은 알프레트 로이슈너, 주소는 바젤 시 미시온가 21번지)에서 당시 여든 살이던 베네딕트 하르트만 신부는 자신보다 네 살 어린 헤르만 헤세에 대한 기억을 적었다. 두 사람은 1884년에서 1886년까지 바젤의 미션스쿨을 함께 다닌 사이였다. 당시 "슈바벤 사투리"를 썼던 잘 자란 어린 헤세는 특별히 뛰어난 아이는 아니었다. "그 친구가 나와 다른 학우들에게 유명해진 것은 아주 곤혹스런 방식으로 자신의 신용을 떨어뜨리고, 학생들 사이에서 많은 뒷얘기를 낳은 한 사건 때문이었지."

사건의 진상은 이랬다. 뛰어난 속기사이자 화초 애호가이며 우표 및 나비 수집가였던 한 교사가 "이례적으로 크고 화려한 색을 자랑하는 신비스런 밤나방" 한 마리를 잡았다. 그런데 정성껏 날개를 펼쳐 표본으로 만든 나비가 어느 날 갑자기 사라졌다. "두 교실 사이에 그 선생님의 방이 있었는데, 문을 잠그지 않고 잠깐 방을 비운 사이에 일어난 일이었지. 나중에 범인은 헤르만 헤세로 밝혀졌네. 자연의 뛰어난 예술 작품에 대한 경탄과 그것을 손에 넣으려는 소유욕이 만들어낸 일이었어. 그 일로 헤세가 일벌백계 차원의 처분을 받지는 않았던 것 같네. 사실 그럴 필요가 없는 일이기도 했고. 기숙사 생도들 사이에서는 그 일이 이미 다 퍼져서 헤세는 위신이 깎일 대로 깎인 상태였으니까. 어쨌든 그 친구는 나중에 작가가 되어 그 사건을 자기 징벌로 마무리하더군. 아우구스티누스 성인께서 고백론으로 참회하듯이."

일인칭 화자의 손님이 들려준 이 허구적 사건 속에서 작가는 독자의 공감을 도둑질을 당한 사람이 아닌 죄를 저지른 사람에게로 향하게 한다. 실제로 현실 속의 그 교사는 허구 속 모범생 학우가 했던 것과 비슷한 말로 도둑질한 사람에게 굴욕감을 안겼을 가능성이 충분해 보인다.

이 경험과 함께 헤세는 나비를 수집하고 소유하려는 욕구를 꽤 긴 시간 동안 잃어버렸다. 그래서 스물여덟 살 무렵 그라우뷘덴 지방을 떠돌다가 아무 생각 없이 프레다에 내렸을 때도 그곳의 광적인 나비 채집 열기에 넘어가지 않고 "알프스 곰"이라는 별칭의 나비*를 둘러싼 희극적인 사건들을 이미 그

---

* 이 나비는 그림이나 사진조차 구할 수가 없을 정도로 희귀하다.—엮은이

열정을 이겨낸 자의 여유로움으로 객관적이고 풍자적으로 관찰할 수 있었다.

프레다에서 그는 우연히 스스로를 "엔토몰로그"라 부르는 희한하기 짝이 없는 여행객 무리 속으로 휘말려 들어갔다. 그가 곧 알게 되듯이 엔토몰로그란 나비와 곤충을 채집하는 수집가를 학술적으로 일컫는 말이었다. 그게 "사내아이들이나 즐기는 취미인 줄로만 알고" 있었다는 주인공의 괴상한 말에 뒤이은 이 집단의 반응을 통해 그는 이 어른 수집가들의 심리 상태를 짐작하게 된다. 그들의 대답은 이랬다. "당신은 곤충학자도 아니면서 여기 프레다에서 뭘 찾고 계신 건가요?" 1,800미터 고지에 위치한 알프스 초원의 매력적인 입지, 아름다운 숲들, 또는 고산 지대의 장엄한 풍경이 여행객들의 발길을 끌고도 남는다는 당연한 사실이 이 사람들의 머릿속에는 없었던 것이다. 그러니까 이들은 현실 인식 능력이 점점 좁아질수록, 특별한 관심에 매몰될수록 더더욱 한 가지 목표만 맹목적으로 좇는 사람들이었다. 그와 연결된 괴상한 행동들에 대해 헤세는 공작나비의 경험 이후 단호하게 차단막을 쳤고, 이제는 그 수집가들의 태도에 나름의 시각을 갖게 됐다.

〈알프스 곰〉 이야기에 나오는
프레다의 전경

"수집가들 중에는 분명 일상에서 편하게 교류할 수 있는 사람들도 있었다. 그러나 이 열정의 집결지에서는 광적이고 몰상식한 인간들이 판을 쳤다. 누구 할 것 없이 나비를 잡기 위해 혈안이었고, 남을 견제하려고 술수를 부렸다. 예를 들어 희귀종을 손에 넣은 사람은 동료에게 엉뚱한 장소를 가르쳐줬다. 그러면서도 최소한 그들 가운데 한 명이 몰래 뒤를 밟아 진짜 장소를 알아낼 줄은 꿈에도 몰랐다. 모두들 자신이 무덤에 들어갈 때까지 비밀을 지켜야 할 장소와 자기만의 경험이 있다고 믿었다. 쟁쟁한 경쟁자 하나가 바위에서 떨어져 뼈가 부러졌다는 소식을 들으면 다들 겉으로만 가식적으로 안타까워할 뿐이었다."

에마누엘 폰 보트만과 루트비히 핑크와 이 일을 함께 겪은 지 불과 몇 년이 지나지 않아 자신의 아이들이 나비를 채집할 나이가 되자 헤세는 갑자기 아득한 시절에 잃어버렸다고 생각한 열정이 불꽃처럼 되살아나는 것과 함께 아이들의 나비 사냥에 따라나서며 경험 많은 전문가처럼 조언을 해주곤 했다. 헤세의 아들들은 훗날 보덴제 호숫가와 베른의 숲 근처 풀밭에서 아버지와 함께했던 나비 원정을 기록으로 남겼다.

동료 작가 빌헬름 슈센Wihlem Schussen은 1953년 〈헤르만 헤세와 나비〉라는 에세이에 가이엔호펜에서 헤세와 있었던 일을 이렇게 적는다. "아직도 기억이 난다. 거기서 우리가 식물과 나비에 대해 이야기했던 일, 내가 길을 가다가 헤세에게 오이풀(학명 : Sanguisorba officinalis)을 가르쳐줬던 일, 헤세가 나비에 관해 대단한 전문가였다는 사실…. 그때 헤세가 갑자기 덤불 쪽으로 달려가더니 두 팔을 날개처럼 휘저으며 여우 털처럼 붉은 나비 떼를 공중으로 날려 보냈다. 뾰쪽한 턱과 날렵하게 뻗은 날카로운 코를 비롯해 그의 깡마른 얼굴에는 이제 새를 닮은 무언가가 어른거렸고, 반바지와 장딴지, 샌들을 포함한 그의 형체에는 무언가 말로 표현할 수 없는 황홀함과 아득함, 비세속적인 것이 달라붙어 있었다. 불그스름한 나비들이 헤세의 머리 위로 어지럽게 날아오르자 마치 덤불에 불이 붙은 듯했다. '저게 들신선나비일세.' 얼마 뒤 헤세가 말했다. 아득히 먼 곳에서 다시 이 땅으로 돌아온 사람 같은 표정으로. (…) 내 상상 속의 그는 언제까지나 그 불타는 가시덤불 앞에 서 있는 듯하다. 그가 어디서 어떤 모습으로 있건." (참조 : 《목격자의 증언으로 본 헤르만 헤세》 프랑크푸르트 암 마인, 1987년 또는 1991년)

이후 서른 살 헤세의 옛 취미 활동은 새 국면을 맞는다. 처음으로 아주 멋진 나비 컬렉션이 생겨나고 3개월간의 인도네시아 여행(1911년 9~12월) 뒤에는 괄목할 만한 보완이 이루어진다. 핵심 단어만 짤막짤막하게 언급된 여행 일지를 보면 헤세가 말레이시아 반도와 수마트라 섬, 스리랑카에서 이국적인 나비들을 채집한 것이 최소 55시간 이상이었던 것으로 기록되어 있다. 싱가포르에서 한 박물관을 방문했던 기록에서는 오로지 그곳에 전시된 나비에 대한 언급만 있을 뿐이다. '빅터 휴즈'라는 비굴한 나비 장사꾼과의 스리랑카 에피소드는 여행 일지에 이름까지 정확하게 기록되어 있는 것으로 보아 실제 있었던 일이 분명하다. 말레이인들이 나비채를 들고 다니는 유럽인을 이상한 눈으로 바라보며 폭소를 터뜨렸다는 이야기도 일지에 그 증거가 남아 있다.

〈인도 나비들〉 이야기와 관련해서는 또 하나의 사실적 자료가 있다. 친분이 있던 화가이자 나비 교환 파트너였던 막스 부허러Max Bucherer에게 보낸 편지가 그것이다. 헤세는 그전에 스리랑카의 캔디에서 그 집요한 나비 장사꾼에게 그랬듯 이 친구에게도 자신이 아직 표본 처리가 안 된 갓 잡은 나비에 특별한 가치를 부여하고 있음을 밝힌다. 인도에서 돌아온 지 두 달

뒤 부허러에게 보낸 편지를 보자. "자네가 나비와 딱정벌레 중 일부를 내게 준다니 참으로 반갑고 고마운 일일세. 그것도 아직 표본 처리가 안 된 것이라니! 난 그런 걸 좋아하네. 직접 표본을 하고 싶으니까. 아무튼 언제 기회 되면 내가 인도에서 잡아 온 나비 수집품을 구경하면서 두 개 이상 있는 표본 중에서 몇 점 골라보시게. 전체적으로 보면 아주 많지는 않지만 그래도 개중에 아름다운 것들이 꽤 있네. 삼백 마리 정도 가져왔는데, 두세 마리씩 있는 것들도 있네."

러시아 출신의 미국 소설가 블라디미르 나보코프(Vladimir Nabokov, 1899~1977)가 그랬듯이 삼십대와 사십대 때 나비와 관련해서 헤세가 매료되었던 것은 실용적 사고와는 거리가 먼 나비 자체의 다양성이었다.

그런데 1차 세계대전이 발발하고 자식들도 차츰 나이가 들자 헤세의 나비 사랑도 마침내 이전의 국면을 끝내고, 그때부터 생의 마지막까지 나비에 대한 관조적인 입장이 들어서게 된다. 〈여름과 가을 사이〉에서 대리석처럼 실무늬가 흐르는 마다가스카르에서 온 나비나, 1955년의 일기집에 나오는 신선나비에 대한 묘사는 그 매력이 젊을 때처럼 사냥과 수집의 즐거움에 있는 것이 아니었다. 이제 그는 더 이상 나비를 쫓지

정원 일을 하는 헤세의 자화상이 그려진 편지.
헤세는 게오르크 라인하르트에게 보내는
이 편지에서 의미 있는 가치로
변화시키지 못할 행복이나 불행은 없다고 말하고 있다.

않고, 나비 자체가 발산하는 생명의 표현들만을 즐긴다. 정확한 인지로 연상과 비유가 일깨워지고, 이 연상과 비유를 통해 부분 속에서 전체가, 모사 속에서 상징이 드러난다. 이제 헤세에게 나비의 비행은 "죽음에 대한 승리의 비유"가 된다. "나비의 유희적 색채는 덧없음에 관한 우월한 미소이다. (…) 이렇듯 삶이 지속의 형태로 흘러가는 것처럼 보이면서 영원한 미의 표본이 된 모든 형체는 미소 짓는다. (…) 찬란하게 빛날 때 벌써 죽을 수밖에 없는 운명의 입김에 쐬어 창백해지는 황홀한 순간… 파멸의 나락을 아는 미소… 모순들의 영원한 사투 위에서 벌어지는 조화로운 유희…."

헤세가 1913년 말 누이 아델레에게 보낸 편지를 보면 벌써 나비 수집과의 이별을 예감하는 듯한 구절이 나온다. "내 인생에서 커다란 두 가지 즐거움이 있었다면 그건 나비 채집과 낚시였어. 다른 건 모두 시시했지." 그에 이어 곧 동물을 죽이는 것에 대한 심적 거부감이 커진 것은 나중의 편지에서 밝혀진다. "어린 시절 난 나비와 물고기를 잡았지만, 사냥에 대한 열정보다 죽이는 것에 대한 의구심이 더 커지면서 그만두었어. (…) 야생동물을 총으로 잡기만 하는 사냥꾼은 나쁜 사냥꾼이야. 좋은 사냥꾼은 정도껏 총을 쏘고 야생동물을 잡는 것만큼 보호하는 데에도 힘을 쓰는 사냥꾼이지. 나비 수집가도 마찬가지로⋯ 나비 종과 먹이 식물의 멸종을 막기 위해 이런저런 일을 해야 해. 그것만이 나비 수집가가 자연에서 빼앗은 것을 다시 자연에 돌려주는 유일한 보상이야." 그런 연유로 보덴제 호숫가와 베른, 테신에 있던 헤세의 집 정원에는 나비 애벌레들이 좋아하는 먹이 식물인 쐐기풀을 위한 장소가 따로 마련되어 있었다.

군이 나비 수집가가 아니어도 생태권의 파괴 행위가 벌써 얼마나 광범하게 진행되고 있는지는 점점 멸종 위기로 내몰리고 있는 동식물을 보면 알 수 있다. 1,400여 종의 독일 토착 나비 중에서 절반 가까이가 그사이 사라졌다. 농업 분야에서 경지 정리와 단일경작, 생화학 비료, 화학 살충제로 무수히 많은 작은 생물 종과 미생물을 박멸한 우리의 단견이 오늘날 많은 생활권역에서 생태계 균형을 위협한다. 기술적 실현 가능성과 그것을 현재 이익에만 봉사하지 않도록 이용하는 능력 사이의 불균형은 걷잡을 수 없이 커져간다. 지난 수십 년간 산업과 화학, 원자력 분야에서의 발전은 우리의 자연스런 삶의 공간을 심각하게 훼손해 이제는 환경과 공기, 물, 식량의 보존이 어디서건 중요한 정치적 강령으로 떠오른다.

나비는 동식물과 다양한 관계를 맺고 있다. 식물의 수분을 도와주고, 개미와 개구리, 도마뱀, 새 같은 많은 생물에게 먹이가 되어준다. 게다가 애벌레들의 엄청난 배설물은 토양의 재생에도 중요한 역할을 한다. 이처럼 나비는 자연의 순환에서 없어서는 안 될 필수적인 고리다. 무엇보다 자연의 다원적 균형을 무분별하게 파괴하면서 오늘날의 발전을 이룬 공업국들로서는 나비 개체의 급격한 감소는 심각한 경고신호나 다름없다.

　겉으로는 아무 쓸모가 없어 보이는 나비들이 편안히 살 수 있는 세계만이 인간에게도 안락하고 즐거운 삶의 토대가 된다는 사실을 각성할 시점이다.

이 책의 편집과 관련해서

이 책의 첫머리에 해당하는 〈나비에 관해〉는 1936년에 출간된 아돌프 포르트만Adolf Portmann의 사진집《나비의 아름다움》에 헤세가 추천사로 써준 글이다. 이어지는 산문은 헤세의 삶에서 순차적으로 일어난 사건들에 맞춰 실었지만, 순서가 텍스트 생성 시기와 항상 일치하는 것은 아니다. 반면 시는 시간 순이 아닌 내용적 맥락에 따라 배치했다.

삽화는 일부러 손으로 채색한 옛 동판화를 사용했다. 헤세는 동판화를 "오늘날의 그 어떤 컬러 인쇄판보다 수백 배는 더 아름답고 세밀"하다고 여겼다. 그는 1943년 한스 포프에게 이렇게 썼다. "꽃과 나비 등의 경우 그 표현술의 절정기는 1750년에서 1800년 사이였네. 일단 손으로 그림을 그린 뒤 동판에 새기고 손으로 직접 색을 칠했지. 이런 형태의 그림은 어떤 탁월한 기술적 재현보다 아리땁고 매력적일 뿐 아니라 심지어 정확하기까지 했네. 그래서 그 시기에 나온 동판화를 보면 현대의 어떤 그림들보다 식물과 딱정벌레 종을 구별하기가 더 쉽네." 이 책의 동판화는 대부분 아우크스부르크 출신의 화가이자 섬유 무늬 디자이너인 야코프 휘프너(Jakob Hübner, 1761~1826)의 작품으로 1934년과 1936년에 인젤 출판사 시리즈 213권과 226권으로 출간된《미니 나비도감》과《미니 밤나방도감》에서 빌려왔다.

헤세의 뮤즈
나비를 만나는 시간

임경선(작가)

살면서 나비를 유난히 많이 만났던 곳은 동유럽의 루마니아였다. 1994년 봄, 이십대 초반이던 나는 동유럽의 길고도 추운 겨울을 버텨내고 마침내 눈부신 빛을 내뿜는 봄을 맞이할 수 있었다. 루마니아의 수도, 부카레스트 시가지를 조금만 벗어나도 초록빛 들판이 어디에나 눈부시게 널려 있었다. 잠시 차를 멈춰 세우고 초원을 가로질러 산책을 하노라면 이름 모를 들꽃이 주변에 한가득 피어 있었고 그사이로 형형색색의 나비들이 날아다녔다. 그 몽환적인 풍경은 어린 시절 동화책의 삽화에서만 봐왔던 자연의 아름다움이 현실에서도 실제 존재함을 알려주었다. 루마니아 외에도 여러 대륙의 여러 나라에서 살아봤지만 유럽에서 보았던 봄날의 들판, 숲, 초원은 단연코 특별했다. 꾸며지지 않은 자연 그대로인데도 더 이상 아무것도 필요 없을 정도로 완벽하게 아름다웠고 그 안에서 나는 어린아이처럼 가슴 벅차게 행복했다.

《헤세가 들려주는 나비 이야기》를 읽노라면 그 무렵 내가 목격했던 눈부신 광경이 생생하게 눈앞에서 재현되었다. 이 책은 독일 태생의 작가 헤르만 헤세가 나비에 관해서 쓴 산문과 시를 모아 엮은 것이다. 헤세는 《데미안》, 《수레바퀴 아래서》 등의 작품으로 전 세계적으로 알려진 작가가 되었지만 그는 사적으로는 어디까지나 소박한 일상을 영위했다. 헤세의 삶 속에서는 자연이 큰 부분을 차지했다. 줄곧 전원생활을 동경해온 헤세는 중년부터 인생의 말년에 이르기까지 스위스의 작은 시골 마을, 몬타놀라에 정착해서 자연을 벗 삼아, 글을 쓰고 그림을 그리며, 자발적으로 은둔했다. 그래서인지 헤세의 작품에는 유달리 자연에 대한 묘사가 많다. 헤세는 특히 정원을 가꾸는 데에 발군의 재능을 발휘했다. 정원은 작품 활동을 하는 그에게 사실상 치유의 공간으로도 작용했다. 정원을 가꾸며 낭만적이고 서정적인 삶의 기쁨을 누리던 헤세에게 '나비'는 전원생활의 살가운 동반자가 아니었을까.

헤세는 나비에 관한 작품들을 통해 자신의 인생에서 '나비'가 차지해온 존재감과 의미를 이야기한다. 유년기-청소년기-청년기-중장년기를 관통하며 어떻게 나비와 만나게 되고 얼마나 매료되어왔는지를 고백하며 나비와 관련해서 일어났던 인생의 소소한 사건들을 짚어간다. 헤세는 유년기에는 나비에 경이로움을 느끼고, 성장하면서 나비를 수집하고 소유하려는 '수집가'로서의 열망을 가지게 되지만, 나이가 들어서는 나비를 쫓는 대신, 나비 자체가 발산하는 아름다움을 한 걸음 뒤로 물러서서 관조적으로 즐기게 된다. 이렇게 자신이 진심으로 좋아하는 대상은 변함이 없다 하더라도 좋아하는 방식은 자연스럽게 변화하기도 한다.

《헤세가 들려주는 나비 이야기》를 읽으면서 무엇 때문에 헤세가 나비라는 생물에게 그토록 매료되었는지가 자연스럽게 이해가 되었다. 나비가 상징하는 아름다운 가치들은 그가 추구하는 인생의 가치와도 일치하기 때문이었다.

가령, '자유로움'이라는 가치.
나비는 그저 하늘하늘 바람에 몸을 맡기며 춤추듯 날아와서 어딘가에 내려앉았다가 또 내키면 날개를 펼쳐 살랑거리며 어딘가로 날아가버리고 만다. 그 모습은 흡사 공기처럼 가볍고 매끈하다. 나비는 어디에도 구속되지 않고 자신의 마음이 이끄는 대로 움직인다. 헤르만 헤세도 자유로운 삶을 동경하고 추구했다. 내 마음이 이끄는 대로 오늘을 마음껏 살아갈 수 있는 삶. 자신의 깊은 내면의 목소리를 들으며 충동대로 살고, 일상이 곧 예술이 되는 삶. 헤세는 글을 쓰고 싶을 때는 글을 쓰고, 꽃과 나무가 그리워질 때는 정원을 가꾸고, 그림이 그리고 싶어지면 저 멀리 들판으로 뛰쳐나갔다. 그리고 문득 방랑 욕구가 생기면 훌쩍 여행을 떠났다. 헤르만 헤세는 자신의 영혼이 '구름'과 닮았다고도 생각했다. 하나의 모양으로 굳어지지 않는 구름, 머물기보다는 자유롭게 떠도는 구름 말이다. 구름도 나비처럼 그 누구의 뜻대로도 조종당하는 일이 없었다. 한편, 헤르만 헤세는 러시아 출신 아버지와 프랑스어를 쓰는 스위스인 어머니를 두고, 태어나기는 독일에서 태어나서, 하나의 국가나 민족에 심리적으로 종속되지도 않았다. 헤세의 글은 그래서 한없이 자유로운 '경계인'의 태도를 지닌다.

가령, '홀로 설 수 있는 용기'의 가치.
나비는 무리짓지 않고 혼자서 훨훨 날아다닌다. 혼자임을 두려워하지 않는다. 헤세는 〈홀로〉라는 시를 통해 홀로 설 수 있는 인간을 예찬한다.

"인생의 길은 말을 타고 갈 수도, 자동차로 갈 수도, 둘이서 나 셋이서 갈 수도 있지만, 마지막 한 걸음만은 혼자서 걸어야 한다. 그리하여 아무리 힘겨운 일이라도 혼자 해내는 것이야 말로 가장 훌륭한 지혜다."

헤세는 홀로 있는 것을 두려워하지 않고 어느 누구의 시선에도 영향받지 않는 일의 중요성을 강조했다. 실제 헤세는 인생에서 가장 중요한 것들을 모두 혼자 힘으로 배우기도 했다. 자신의 작품에 대한 독자들의 반응이나 언론의 호들갑에 일희일비하지 않으며 오로지 내 안의 목소리에만 무심하게 귀를 기울였다. 헤세에겐 인간은 누구나가 다 혼자였다.

"살아 있다는 것은 고독하다는 것. 어떤 사람도 다른 사람을 알지 못한다."

그래서 그는 바깥이 아닌 '자기 안'에서 구원을 찾아야 한다고 믿었다. 그리고 고독의 시간은 헤세에게 고통이기보다는 아릿한 행복감에 가까웠다.

마지막으로 가령, '찰나'의 가치.

나비는 조금 특별한 존재이다. 나비는 오직 마지막 단계인 번식을 위해 화려하고 강렬한 날개를 두르며 아주 짧은 시간을 살다 가버린다. 찬란한 사랑과 빛나는 변신으로 그렇게 짧은 생을 사는 것이다. 어쩌면 세상의 모든 아름다운 것들이나 사랑할 가치가 있는 것들은 모두 '찰나'에 있는 것이 아닐까? '행복'이라는 감정조차도 나는 개인적으로 오로지 '찰나'에 머문다고 생각한다. 인생에서 소중한 것들은 어쩌면 늘 그렇게 우리 곁을 덧없이 스쳐지나가는 것인지도 모르겠다. 그렇게 머물기보다는 이내 떠나버리기에, 우리는 도리어 더 매혹당하고 갈망하는 것일지도. 찰나의 아름다움에 대한 헤세의 말에는 분명 일리가 있다.

"나는 나비를 비롯해 다른 덧없는 아름다운 것들과 항상 유대감을 느꼈다. 반면 지속적이고 고정된 관계, 이른바 확고한 구속은 나를 행복하게 한 적이 없다."

20세기 독일 작가들 중 헤르만 헤세만큼 나비와 직접적인 유대를 표시한 작가가 있었을까. 나비는 천성적으로 자연을 사랑하고 자유를 갈망한 소년이던 헤세의 소설과 시, 산문에 빠지지 않고 상징적으로 등장해왔다.

"내 인생에서 커다란 두 가지 즐거움이 있었다면 그건 나비 채집과 낚시였어. 다른 건 모두 시시했지."

노벨문학상 수상 작가이자 《데미안》, 《수레바퀴 아래서》 등 수많은 문학작품으로 전 세계 독자들을 오랜 기간 동안 매료시켜온 헤르만 헤세. 그리고 자연 속의 그의 뮤즈인 '나비'를 다시 만나보는 일은 누가 뭐래도 설레는 일이다. 헤세의 글을 통해 나비의 눈부신 아름다움과 생생한 환희를 느낄 수 있다면 참 행복할 것 같다.

옮긴이 박종대

성균관대학교에서 독어독문학과와 대학원을 졸업하고 독일 쾰른에서 문학과 철학을 공부했다. 사람이건 사건이건 늘 표층보다 이면에 관심이 많고, 어떻게 사는 것이 진정 자기를 위하는 길인지 고민하는 '제대로 된' 이기주의자가 꿈이다. 지금껏 《데미안》, 《수레바퀴 아래서》, 《그리고 신은 얘기나 좀 하자고 말했다》, 《악마도 때론 인간일 뿐이다》, 《목매달린 여우의 숲》, 《토마스 만 단편선》, 《위대한 패배자》, 《만들어진 승리자들》, 《귀향》 등 90여 권의 책을 우리말로 옮겼다.

헤세가 들려주는
나비 이야기

1판 1쇄 발행 2016년 11월 10일

지은이 헤르만 헤세 | **옮긴이** 박종대
펴낸곳 (주)문예출판사 | **펴낸이** 전준배
출판등록 1966. 12. 2. 제 1-134호
주소 03992 서울시 마포구 월드컵북로 6길 30
전화 393-5681 | **팩스** 393-5685
홈페이지 www.moonye.com | **블로그** blog.naver.com/imoonye
페이스북 www.facebook.com/moonyepublishing | **이메일** info@moonye.com

ISBN 978-89-310-1024-4 03850

이 도서의 국립중앙도서관 출판시도서목록(CIP)은 서지정보유통지원시스템 (http://seoji.nl.go.kr)과 국가자료공동목록시스템(http://www.nl.go.kr/kolisnet)에서 이용하실 수 있습니다. (CIP제어번호 CIP2016024317)